Les Orphelines du mont Luciole

Isabelle Rodriguez

Les Avrils

À Benoit Antoine Raymond (1888-1975), premier photographe du village de S-en-Lyonnais.

À Marie.
À Guillaume.

I

Dans la cour de l'école, l'ombre déployée depuis l'arrière de l'orphelinat nous parvient en flaques mouvantes. La cour, l'étroite route nouvellement goudronnée devant, les champs autour ; notre village se dissout dans ce contre-jour, se noie au sein de cette pénombre stagnante jusqu'au cœur des étés. Tous logés à la même enseigne, paysages et habitants, tous plongés dans l'ombre de la gigantesque bâtisse, à l'exception singulière du château blanc posé un peu plus haut sur la colline et qui est la plus belle chose que j'ai jamais vue.

L'orphelinat est un bâtiment aux portes murées, aux volets clos et condamnés, campé haut sur ses jambes devant nous ; une large enceinte qui empêche de voir au loin, qui nous empêche d'être vus, nous protège des regards, du vent, des tempêtes, à moins que ses murs de terre ne soient pas capables de résister plus longtemps et finissent par s'écrouler en nous entraînant dans leur chute.

On dit que la bâtisse est fragile, qu'il faudrait la détruire, qu'elle s'effondrait déjà sur ses propres fondations pendant qu'on la construisait, que des hommes étaient morts sur le chantier, sous les éboulements de pisé ; trois morts, avant même d'avoir réussi à faire sortir de terre l'immense édifice, chez nous, dans notre campagne esseulée au milieu de nulle part, avant que n'ait surgi, sur les pentes du mont Luciole, cette maison friable dont une toute jeune fille avait eu la vision à un siècle et demi de nous ; friable mais colossale, capable de recueillir toutes les orphelines de la région, assez grande pour les accueillir toutes, vision devenue maison, devenue congrégation dont le fief serait Sorcelin.

Une toute jeune fille née dans les environs, au hameau du Leu, s'était obstinée et l'on avait malaxé la terre des monts du Lyonnais pour fabriquer un pensionnat. La jeune mousselinière avait vu en songe notre colline et voilà que, depuis, s'élève devant nous un bâtiment immense, sa peau d'argile étirée comme une peau de tambour prête à craquer sous les excroissances de la façade, encore un étage, encore un flanc, la carcasse dilatée jusqu'au fragile, et cette faiblesse affleure sans fin derrière la silhouette massive, dans les plaies du crépi et des murs, derrière les aspérités des bois mangés par le temps. On peut le penser posé là, sans racines ; il est fragile, mais tenace, malgré l'abandon, les décennies de délaissement, malgré l'attente, malgré l'oubli. Ni château, ni immeuble, ni maison bourgeoise, maison de bourg, ferme ou exploitation agricole, plus volumineux que tous les corps des bâtis autour et aussi grand qu'un château pourrait l'être, cent fois plus grand et même plus que le château blanc posé plus haut sur le mont, le trapu et gracile orphelinat pour filles de Sorcelin est un ouvrage singulier, orné d'élégances timides, quelques lucarnes rondes, quelques chiens-assis, des tuiles poinçons aux faîtages des toits à quatre pentes, un clocher élancé, des lambrequins dentelés qui habillent les rives. Mais la construction reste austère derrière ces afféteries, s'entête dans une rigueur rude, appliquée, en dépit de sa ruine ; son ombre garde un sérieux consciencieux quand elle vient caresser les branches de nos platanes, reste sérieuse jusque dans ses caresses.

Au-devant de notre si petit village, le pensionnat désaffecté, écran pare-feu ou enceinte tronquée, grand-voile tourmentée mais résistante, disperse les contours de sa large silhouette, joue à définir ou à flouter les périmètres de notre monde, ce mont Luciole sur lequel jamais ne se résorbe tout à fait la nuit de pierre et de pisé projetée par le volume de l'édifice clos.

Seul le château blanc échappe à la loi ténébreuse. Grand accroc de lumière sur le tissu morose de nos forêts, sa façade a toujours le soleil en plein. La pénombre, c'est pour les autres, pour nous qui ne sommes pas châtelains, pour la cour de l'école, ses platanes, pour les ruelles du bourg, les jardins des pavillons. Ce n'est pas une ombre apaisante de Provence, de bords de mer à l'eau brillante, de cigales ou d'herbe brûlée, c'est une ombre paysanne, résignée, et, s'il me faut décrire le village de Sorcelin, je dis : c'est un village – trois fermes, quelques maisons d'artisans ou de bourg, une école à classe unique pour les dix enfants que nous sommes, une route, une église, un café pour les hommes, une poignée de pavillons en briques ou en parpaings –, un village lové dans les collines du Lyonnais, pas du côté des pierres dorées mais de celui des pierres brunes, avec un je-ne-sais-quoi d'intranquille, de renard endormi, lové dans l'ombre d'un orphelinat à la taille démesurée, massif et grêle, placé au premier plan, à l'endroit de la scène où tomberait le rideau lourd qui jamais ne s'ouvre sur aucun autre décor ; un village qui disparaît derrière un établissement construit il y a plus de cent cinquante ans et abandonné depuis, créé par la seule volonté d'une jeune fille des alentours. Ici se dresse notre bâtisse faiseuse d'obscurité, ses alignements de fenêtres désormais closes, cinq ou même six étages superposés, des toits doubles encore, des dizaines de dortoirs, les portes murées, les couloirs vides, les lierres agrippés aux façades boursouflées sous leur joug. Elle se dresse là, on ne sait pas pourquoi ni comment, si loin de tout ; le gigantesque pensionnat nous propage sa nuit, sentence irrévoquée.

Les adultes osent parler de lui, dire qu'il faut le détruire, que c'est laid – ils disent cela, eux –, que ça ferait du terrain à bâtir – les promoteurs commencent leur prospection autour de Lyon. Dans la plaine, doucement, les routes s'élargissent, se goudronnent, on croise dessus des 4 × 4 qui rejoignent la ville, les grues assemblent de petits immeubles et des supermarchés –, ils parlent de l'abattre ; alors je leur jette des sorts, terribles. Je fais brûler des feuilles de laurier dont je viens déposer les cendres à leurs seuils, je récite d'infinies listes de malédictions, écrase des fleurs de millepertuis en des bouillies que je vais appliquer sur les murs effrités de mon orphelinat pour que tous restent à distance. Que celui qui s'approche à moins de un mètre soit pétrifié comme pierre, liquéfié comme mercure, soufflé comme poussière.

Car je l'aime, moi, cette nuit qui ne s'échappe jamais de nous, nous constitue, prend toute la place dans notre paysage. J'aime le réconfort des longs manteaux légers et froids dont elle nous vêt ; je reconnaîtrais sans erreur son parfum au milieu de mille autres. Aucune obscurité ne porte la même odeur, je saurais distinguer celle des platanes, acide, de celle du pisé, humide jusque dans les canicules, terreuse, et la nôtre par-dessus encore ; l'ombre emprunte à sa matrice quelque chose d'elle, et celle de l'orphelinat dépose sur nous le voile de ses silences, épand en nous une saveur aigre-douce d'insolubles mystères.

Le pensionnat est le roi de notre royaume, déployant face à nos regards sa large façade arrière, la plus sévère, la plus fermée, à la manière dont un chat boudeur aurait tourné le dos. Mais nous nous sommes apprivoisés lui et moi, et je lui laisse prendre avec joie toute la place qu'il a à prendre, concrète et impalpable, toute l'emprise au sol sur notre colline et toute la place dans les histoires que je me raconte, puis que je raconte aux autres, à l'école.

Dans la cour, les deux platanes projettent leur ombre sur la grande ombre originelle, elles se mêlent sur le gravier et les heures de récréation sont consacrées, entièrement, à l'histoire de la grande maison : il s'est passé quelque chose, quelque chose de terrible que nous ne savons pas ; moi j'invente, scénario après scénario : ça a été si terrible que les orphelines disparues sont revenues en fantômes, sont revenues hanter Sorcelin au point d'empêcher le jour d'y venir, au point de le plonger dans la nuit. L'ombre n'était pas aussi grande avant leur départ et je dis que cette ombre, que certains ne supportent plus, est la meilleure des preuves que leurs fantômes veillent, soucieuses. Je dis que cette ombre a été noircie par elles pour que l'on se souvienne, que l'on se souvienne pour toujours des filles qui ont disparu en laissant notre paysage à l'abandon, désolé, avec son orphelinat qui trône là, échoué comme un navire sur les côtes rugueuses d'une île désertée – si on me disait que nous sommes des naufragés, je le croirais sans doute. Moins on se souviendra d'elles, plus l'ombre règnera.

Elles sont revenues en fantômes, car elles sentent bien que nous les oublions, que nous ne cherchons pas à savoir ; elles refusent l'oubli que la destruction de leur maison finirait de sceller. Elles aussi nous ont jeté un sort : si le soleil arrivait sur notre village qui ne connaît pas cela, qui ne sait rien de cette étreinte, tout brûlerait, hommes et bêtes, maisons et prés. Et ce que je raconte, à force d'être raconté, entrera dans notre folklore et plus personne n'osera s'approcher du pensionnat ni n'osera le menacer.

Où iraient mes fantômes si leur ombre disparaissait ?

Je peux les entendre elles-mêmes, mes orphelines, me dire tout cela. Elles ne dorment pas tranquilles, je sens leur inquiétude, leur façon de s'accrocher à notre village, de vouloir rester dans notre langage. Elles sont parties enfants ; je ne veux pas partir enfant. Je veux le temps de grandir, de faire, de fabriquer, de sauvegarder ; devenir adulte et acheter l'orphelinat. Je n'y ferai rien, je n'y habiterai pas, mais plus personne ne pourra le prendre au mont Luciole. Je ferai peut-être ôter les parpaings des fenêtres et des portes pour que le vent circule plus librement à travers lui, pour laisser passer un peu de lumière si je sens les filles rassurées – derrière l'orphelinat, nous avons le monde à nos pieds, qui s'étend comme la mer jusqu'aux silhouettes dentelées des Alpes. Je trouverai quelqu'un qui saura leur existence et expliquer pourquoi ce grand ciel lourd au-dessus de nous.

Je voudrais ne jamais partir d'ici. Je voudrais que rien ne vienne déranger notre paysage, qu'il soit toujours, en hommage, ainsi qu'il était lorsqu'il était le territoire des petites filles dont personne ne connaît le destin.

Je chéris les secrets qui planent sur Sorcelin, qui se malaxent dans mes récits, saison après saison, se transforment dans mes histoires ; que les orphelines deviennent des héroïnes mille fois et de mille façons racontées, que les malédictions circulent, que les adultes aient peur à leur tour. Je savoure à pleine bouche notre chance d'avoir devant nous les fenêtres closes de l'orphelinat, de voir jouer à nos pieds ces brumes à la façon de marionnettes floues, de silhouettes de nuit, d'étranges morceaux d'obscur ; quelle chance, je mange toutes les hypothèses folles avec voracité, nous sommes le lieu où les fantômes viennent. Le soir, en passant devant le pensionnat fermé, qui n'a pas entendu les souffles de ces filles qui hantent la contrée ? Il s'agit d'apprendre à prêter l'oreille aux chants sourds de notre campagne, aux mystères des disparues de Sorcelin, qui épaississent encore la nuit indélogeable de notre colline, ce mont Luciole qui, jamais, ne se prélasse au soleil.

Les fantômes de l'orphelinat ne m'ont jamais fait peur. J'aimerais apprendre à leur parler, je dis souvent des mots en l'air pour les leur donner. Je m'applique, aussi consciencieusement que je le peux, à examiner chaque chose qui pourrait rendre compte de leur présence et de leurs voix.

Étendue sur la moquette de ma chambre, jusqu'à ce que la nuit arrive enfin, je remplis des cahiers de fables et de contes qui ne parlent que d'elles, leur invente des jeux, des prénoms, dessine les plans de leur pensionnat sur des assemblages soigneux de feuilles A4 qui recouvrent tout le sol de la pièce. Elles me disent, sans avoir besoin de me parler, que je ne suis pas seule sur mon île, que dans mes pas d'autres pas se sont posés avant les miens, que dans mes rires d'autres rires ou bien dans mes larmes d'autres larmes ont vécu et elles rendent ces larmes moins acides sur mes joues. J'espère les voir, les surprendre, fugaces, pour recueillir des preuves, j'apprends à être vigilante, attentive aux moindres changements de lumière, de teinte, de chaleur. J'ai tant appris à sentir que le soir, souvent, il faut me glisser des compresses imbibées de gros sel ou de poudre de charbon sous le nez pour me permettre de dormir.

Mes fantômes ne sont pas des apparitions de fêtes foraines, des linceuls flottants aux plaintes terrifiantes ; les filles sont là, sans avoir besoin d'apparaître, elles sont simplement ici chez elles, plus chez elles que nous qui sommes arrivés plus tard sur la Terre, voilà ce que je me dis quand je rentre doucement, en rapetissant chacun de mes pas sur le chemin du retour après l'école, ce chemin bien trop court pour avoir du temps pour rêver ; elles sont dans tout ce qui perce à travers l'odeur de la nuit, dans tout ce qui la rend belle ou inquiétante, dans toutes les douleurs et dans les joies trop grandes, dans tout ce que, grâce à elles, j'apprends à regarder.

Elles se glissent dans chaque moment que je souhaiterais retenir, dans tout ce que je me promets de ne jamais oublier, dans l'épaisseur de la buée que je souffle sur la vitre pour dessiner dedans, dans les heures tranquilles d'étude quand la fenêtre est ouverte en plein sur la campagne fixe. Elles sont dans les herbiers, fleurs séchées gardées comme trésors, dans les notes du piano maladroites sous mes doigts, dans le goût trop marqué des cassis qui claquent sous nos dents, dans les évanescences des pollens. Elles sont dans tout ce qui était là avant nous et qui ne bouge pas, dans le temps qui colle à notre peau comme les suées de printemps accrochent nos cheveux à nos joues, dans l'immobilité des jours, dans les silences d'après les questions que je pose, dans le silence d'entre mes mots, dans l'éclipse qui vient parfois quelques minutes l'été ajouter une nuit supplémentaire sur la nuit infinie de notre mont, dans les sillons des vinyles qui chantent Brel ou Barbara, dans le ronronnement du chat. Elles sont avec moi quand je suis seule, dans ma chambre à l'arrière du pavillon, dont la fenêtre donne sur la forêt du mont Luciole, sur son sommet qui croule sous les arbres noirs ; elles sont là chaque fois que je suis seule encore, assise en tailleur, entre la porte du bureau et la bibliothèque en bois, le beau recoin pour lire sans que personne ne songe à moi, elles sont là quand la planète entière semble m'avoir oubliée, quand les journées s'étirent dans les trop grands silences, ou dans le capharnaüm des cris et des drames mille fois répétés qui se jouent près de moi. Elles m'apprennent à regarder ailleurs, à voir ce que je peux trouver beau, me rappellent que le temps des vivants n'est pas le seul temps que notre corps connaîtra et qu'il faut bien trouver autour de nous des choses pour les aimer.

Entre les fées et les fantômes, je ne sais pas bien la nuance ; mes fantômes adoucissent la vie comme les magiciennes de Cottingley ont laissé des ailleurs merveilleux apparaître dans les jardins de la campagne anglaise.

Sans elles, sans leur présence légère mais remarquable à chacun des endroits de ma vie, à chaque endroit facile ou douloureux, le village de Sorcelin ne serait rien d'autre que ce qu'il a jamais été, un simple chemin, devenu avec le temps une route carrossable, mais tellement étroite que deux voitures ne s'y croisent pas partout. Le village n'a jamais été que cela, une route entre deux grands virages qui se plient aux rudes dénivelés des monts du Lyonnais, de chaque côté de laquelle se nichent trois ou quatre exploitations agricoles, leurs baignoires rouillées sous les préaux, une place au sol en terre, trois maisons de bourg et l'église courbées les unes au-dessus des autres, figées en messes basses. Contre l'église, le monument aux morts, un modeste obélisque en pierre grise, à côté le café pour les hommes, pas ouvert tous les jours, qui vend depuis cent ans des cigarettes – quand c'est fermé on peut tout de même toquer à la fenêtre du bas –, plus loin l'école et la mairie que la IIIe République a éloignées du clocher, depuis les années 1980 quelques pavillons posés comme des verrues sur les pentes de ces monts dont nous sommes ceints. À la sortie, côté sud, un sanctuaire à l'image de celui de Lourdes, sa grotte miniature, sa statue de sainte Bernadette, un sanctuaire construit sur les ordres d'un abbé condamné après la Seconde Guerre mondiale. Et heureusement, en contrebas du village, à ses pieds, heureusement, le monumental orphelinat, la maison des petites sœurs, démesurée, disproportionnée, qui nous offre des histoires à inventer et derrière laquelle je me blottis, noyée dans le secret de l'abandon des lieux, en compagnie des fées qui embellissent ma campagne comme les bourgeons embellissent les branches, et qui veillent sur moi.

Elles sont des bijoux d'enfance que je me plais à porter, à la façon dont on se pare des doubles cerises en lourdes boucles d'oreilles quand le cerisier donne enfin, et si j'entends des bruits étranges lorsque je marche dans la forêt, qu'un corbeau vole un peu trop bas, un peu trop près, qu'un jouet tombe tout seul de l'étagère, que l'orage me surprend en balade, je n'ai pas de crainte, je me dis simplement qu'elles ne sont pas loin et que tout cela est de leur fait. Je me dis simplement qu'elles veillent sur moi.

Ce qui est beau est toujours menacé, à l'abandon ou bien inaccessible. Il me faut bien la force de mes fées pour soigner ma colère, pour ne pas détester ceux qui sont incapables de voir ce que je déclare merveilleux ; des travaux autour de l'église ont été faits sans soin, on a creusé pour faire passer des câbles, les anciens villageois enterrés ont fini dispersés par les enfants et par les chiens – mon frère avait ramené au pavillon un os humain. Un énorme tibia, plein de terre. Personne ne s'est soucié de la perte. Tout est bousculé sans tendresse, pourtant les lieux aussi réclament qu'on les aime.

Nous avons cette réplique de la grotte de Lourdes et personne ne vient espérer de miracles. Personne pour venir se faire miraculer. Le sanctuaire n'est indiqué nulle part, sur aucun panneau, je ne sais plus quel hasard m'a conduite un jour jusqu'à lui. De longues lianes de vigne et des broussailles forment un rideau épais qui occulte l'intérieur en rocaille de ciment ; les herbes poussent sous les décors désagrégés, laissant apparaître les structures en fer soudées qui leur donnent leurs formes minérales. Il faut attendre l'hiver pour avoir une chance de voir au-delà de l'écran de ronces calcinées par le froid, et alors on aperçoit derrière une immense grille à pointes qui empêche de trop s'approcher, l'autel, la niche, la statue, un porte-cierge, tout ce qu'il faut pour que des pèlerins viennent, tout est prêt.

Derrière la grotte en faux cailloux, il y a une salle construite dans la vraie roche, une salle qui a dû être une chapelle, aux vitraux de couleur couverts par les lierres, qui ne captent plus beaucoup la lumière. Elle est remplie de bancs amoncelés en désordre et de statues couchées au sol. Il suffirait d'un seul miracle pour que le lieu soit sauvé, qu'il attire des humains pour prendre soin de lui ; mais le miracle ne se produit pas, ne s'est pas produit, et personne n'a même pris la peine de fermer à clef la salle des statues.

Je demande souvent à la Vierge de me miraculer. Ce ne serait pas trop spectaculaire, j'aurais bien du mal à le prouver, à le faire reconnaître. Il ne s'agirait pas de me faire offrir des ailes ou le don d'ubiquité – ce serait sur le champ validé ; je lui demande d'extraire l'étrange tristesse qui plane sur le mont, dans l'histoire de tous ceux qui sont passés par Sorcelin et qui ont espéré des choses jamais venues, qui ont espéré autre chose de leur vie, un autre destin. Je dois mal exprimer ma demande, je dois être trop imprécise, confuse, sûrement parce que ma tristesse est une étoffe compliquée à décrire. Je la remercie quand même d'être là, dans un lieu où chantent les fantômes, où la frontière avec leur monde est si mince, plus fine que n'importe où ailleurs sur la Terre. Je l'ai déjà mon miracle, c'est celui d'habiter ici.

La jeune mousselinière du hameau du Leu a construit son orphelinat sur notre mont, elle en avait eu la vision, c'est ici qu'elle est venue pour répondre à l'appel qu'elle avait entendu ; pourquoi notre village n'est-il pas devenu aussi connu que d'autres, pourquoi avec son histoire fabuleuse ne le protège-t-on pas ? Sorcelin a été choisi pour accueillir une réplique de Lourdes ; c'est bien qu'on a senti chez nous la possibilité du miracle, ou même compris qu'un miracle était déjà en cours.

Je voudrais ne jamais quitter Sorcelin.

Je voudrais que jamais il ne change.

Je n'habite pas loin de l'école, quelques centaines de mètres tout au plus, quelques minutes à pied, laisser à gauche le chemin qui monte au château, passer devant la place, longer la longue façade arrière de l'orphelinat, laisser ma main courir sur lui en une sincère caresse, prêter le cœur à son humeur, à ce qu'il veut bien me donner à entendre, puis, après le café-hôtel qui ne reçoit plus de voyageurs, qui n'en reçoit plus depuis trente ou bien quarante ans – d'où venaient-ils, où allaient-ils, pourquoi ici ? –, prendre le chemin des Côtes sur la gauche au lieu de la route qui redescend dans la vallée ; quelques maisons de facture simple, et juste avant d'avoir à grimper la côte de galets au sommet de laquelle se trouve le pavillon où je rentre, il y a une maison, faite comme beaucoup le sont ici, simplement de pisé : c'est la maison de famille, si tant est qu'on puisse le dire d'une demeure qui n'appartient plus à personne de la lignée.

Du côté maternel, mes ancêtres étaient des canuts de la campagne, des soyeux qui avaient pu acquérir un métier à tisser et avaient construit leur maison autour, avec un toit plus haut et une grande pièce-atelier. Ils fabriquaient pour les entrepreneurs lyonnais du velours de soie, des mètres de lourd velours qu'il convenait de livrer chaque mois, quand l'aller-retour depuis Sorcelin demandait encore une journée complète.

Mon arrière-grand-mère Marie, que j'ai connue alors qu'elle avait presque cent ans, parlait souvent des bruits que faisaient les métiers, qu'elle n'avait pas oubliés, et qui ont, ici comme à la ville, bercé le rythme des heures durant des décennies. Mais plus personne n'a de machines à tisser depuis longtemps ; les métiers ont été démantelés dans les années 1940, sont devenus bois de chauffage ou bien charpentes pour les baraquements de campagne, les pièces métalliques ont été fondues en munitions, et les autres bistanclaques, ces gigantesques araignées mécaniques, sont devenus des pièces de musée, avant même que sur les mains de ceux qui les faisaient fonctionner aient disparu tout à fait les marques de leur usage, la brûlure que le fil à force a inscrit sur la peau, à la hauteur de l'articulation, face externe, avant qu'ait disparu sous les ongles la poussière des cotons évaporés en nuages sous la friction des navettes, ou la fierté des récits aux lèvres des artisans quand ils n'avaient plus de gestes à transmettre.

Le fil de soie était précieux, ils n'ont pas pu garder d'échantillon de leur travail, nous n'en avons jamais vu, mais mon arrière-grand-mère racontait : les canuts qui avaient contraint la colline à leurs corps, Lyon transpercée des traboules faites pour leur passage des ateliers jusqu'au fleuve, la colline laborieuse face à la colline qui prie, le religieux resté inscrit dans le rythme des journées, dans les gestes, comme dans les gestes la cadence du métier restait, *bis-tan-clac-pan*, la valse à quatre temps, *bis-tan-clac-pan*, jusque dans ton sommeil, contre la façade de la maison voisine qui l'amplifie et le dédouble, *bis-tan-clac-pan*, le rythme qui se substitue aux horloges, tinte dans les tympans, semble asservir jusqu'à la mesure battue par la pluie contre la vitre. C'est le tempo mécanique qui donne son tempo aux pas des rares passants sur la petite route de notre petit bourg, le bourg avec sa place, la place avec son église, son église avec son clocher, et sonnent les heures par-dessus encore en faisant trembler les murs de pisé de la maison-atelier, la maison où sont nés mon arrière-grand-mère Marie et son frère, construite par leurs parents autour du précieux instrument à tisser que plus aucun d'entre nous ne saurait désormais faire fonctionner.

Derrière la maison courait un vaste pré tout en longueur jusqu'à la forêt, sur la cime du mont Luciole. Mon grand-père maternel, le fils de Marie, a vendu cette maison dans les années 1980, le terrain a été divisé en trois parts entre ses trois enfants, et c'est comme cela que je me retrouve à grandir ici, sur la plus haute des parcelles, tout en haut du mont, entre le parc du château blanc, la forêt tellement vaste qu'elle n'a pas de contours, la vue tout droit sur l'arrière du pensionnat, dans un pavillon plan-type-constructeur 1981 à charpente fermette, un pavillon posé au plus haut du pré et auquel on ne peut accéder qu'à pied par une raide côte de galets. L'étang plein de grenouilles chantantes sur la parcelle du dessous a été comblé pour que l'on puisse poser à sa place un autre pavillon sur sous-sol complet.

À trois kilomètres de là, dans la plaine, au musée des Traditions populaires de la ville de Morneré, un métier à tisser a été reconstitué. Pour illustrer ce que pouvait être le travail des soyeux de la campagne, on a déposé une photographie qui montre mon arrière-grand-mère et ses parents en 1910, posant dans leur maison de Sorcelin, fièrement, autour du bistanclaque qui occupe toute la pièce. Le frère de Marie a été longtemps le seul du large voisinage à posséder de quoi photographier, l'un des seuls à immortaliser ces ateliers disparus. Il vivait en ville, au séminaire ; lui-même ne serait jamais tisserand.

C'est dans cette plaine proche de Sorcelin qu'a vécu mon arrière-grand-mère Marie après son mariage avec le charron de Morneré, là qu'est né et a grandi mon grand-père avant de devoir aller chercher du travail à Lyon la Seconde Guerre mondiale terminée. Au premier jour de sa retraite dans les années 1980, il est revenu à Morneré et a fait construire une immense villa, sur un terrain choisi pour ses vues : au nord, une baie donne sur les toits de la forge où il a passé son enfance, et plein ouest, un mur entier de portes vitrées prolongé par une terrasse suspendue, en direction du village natal de sa mère adorée, de la maison-atelier que la famille avait gardée tant que possible, des dimanches de repos sur la colline. Le grand-père ne peut voir ni cette maison ni notre pavillon, qui disparaissent tous deux derrière le pensionnat, derrière le grand écran de sa façade, ça ne fait rien, on fait quand même face à Sorcelin, l'emplacement a été choisi pour cela.

De la maison en pisé, on a conservé un buffet, visible en arrière-plan sur la photo du musée, et un portrait de Marie jeune fille, encadré de noyer ; je les ai toujours connus dans le pavillon du haut du pré, le buffet dans le salon et le portrait dans le hall d'entrée.

Les dimanches et les mercredis après-midi, depuis la terrasse de la villa des grands-parents à Mornеré, ou depuis leur jardin, sur la balancelle qui grince sous les bouleaux, mon grand-père maternel raconte quelquefois son père et sa mère, sa mère si belle, le charronnage et le velours de soie, son oncle curé, les bals défendus dans les granges, l'atelier de carrosserie à Lyon, le travail à la chaîne chez Berliet ; le formidable télescopage des époques et des temps, je mélange beaucoup, je n'écoute pas tout, je suis souvent déjà avec mes orphelines.

Dans le balancement de la balancelle blanche qui grince un peu, engoncée dans les coussins qui n'en finissent pas de sentir l'humidité parce qu'on ne pense jamais vraiment à les mettre à l'abri chaque soir ou à chaque pluie, je fixe le bâtiment droit devant, l'immense bâtisse accrochée à la colline de Sorcelin, derrière laquelle disparaît notre pavillon du chemin des Côtes ; on ne devine pas à distance son état d'abandon. Je rejoins en songe les pensionnaires de l'orphelinat, me glisse dans leurs rangs, les accompagne de la salle d'étude aux dortoirs, sur les larges dalles lisses ou sur les parquets en pin, je me glisse dans les groupes qui chuchotent entre eux dans un couloir ou dans un autre, je tente de saisir quelques phrases. Je suis dans leur vaste maison, dans l'encadrement des grandes fenêtres, et elles se racontent à l'oreille, vite, très vite, quelques rêves, avant d'être absorbées à nouveau par le lieu.

Ne sois pas triste, car tu es la fille d'un roi, le roi viendra te chercher, ne sois pas triste, pense à après, à la vie sans les vêpres, à la nuit sans les laudes, sans écho des sermons, sans salpêtre aux murs, sans robe en tissu rêche. Sois tranquille, le roi te cherche.

Peut-être, un roi me cherche aussi.

À Sorcelin, ce n'est jamais grand soleil, c'est toujours pierres grises. Sauf pour le château des hauteurs, le château sémaphore blanc dans la forêt noire, pierres taillées et lisses contre cailloux des chemins, glycines suspendues aux marquises, gloriette que l'on devine derrière les murs trop hauts du parc. De la fenêtre de ma chambre, je ne le vois pas, même si je me penche beaucoup, mais depuis le jardin, côté sud, j'aperçois un peu du toit, une fois grimpée la butte, un bout de sa façade arrière, morcelée derrière une enfilade d'arbres imposants et tranquilles, et sur le toit à tuiles plates, une fenêtre en chien-assis, dans les vitres de laquelle jouent les reflets des branchages, flaques changeantes contre la laque noire des carreaux.

Ce sont les Enjoleras qui ont fait construire ce château au début du siècle ; rien que leur nom, c'est un nom à faire construire des châteaux et le mot et son nom se soudent dans ma bouche. Quand je me répète ce nom de châtelain, j'entends *enjoliver*, *enjoué*, *enjouera* ; Enjoleras, j'entends leur destin dans leur nom. À force de me le répéter, comme lorsque l'on répète les mots et que leur sens fuit, quand le son prend le dessus et que le sens s'efface, à force de me répéter le nom des châtelains, Enjoleras, j'entends le mot *ange* et je trouve ça beau, ce mot de leur côté, du côté des demeures à pierres blanches. Et puis j'entends *geôle*, j'use le mot à force de trop le dire, et ce qui remonte à la surface, ce mot-là, *geôle*, n'a rien à voir avec leur demeure des belles saisons, avec leur château des jours d'été, parce que les Enjoleras venaient ici passer l'été. Passer l'été, se laisser aller à dire ces mots, *laisser passer l'été*, je me les répète, *laisser passer l'été*, et cette langue me semble étrangère, l'été comme un suspens. Les Enjoleras ne venaient pas l'été complet bien sûr, ils allaient aussi à la mer ; entre mes lèvres, en boucle, *aller à la mer*.

Les Enjoleras venaient passer un peu de leurs étés à la campagne, et quelques jours par-ci, par-là, dès le printemps, ils venaient respirer le bon air des hauteurs de Lyon, on a toujours dit que l'air de cette campagne était bon, on a installé des aériums, pas ici exactement, mais parsemés dans les hauteurs, des lieux juste pour venir respirer, il n'en reste plus aucun, à peine comme témoin s'accroche encore une enseigne sur la façade de l'hôtel Au Souffle des Fées, à l'abandon lui aussi à quelques kilomètres. Certainement que les Enjoleras venaient pour cet air guérisseur, mais qu'avaient-ils donc à guérir, eux, c'était en prévention sûrement, pour quoi d'autre que pour cette qualité de l'air auraient-ils pu venir, pour rien. J'ai bien appris que le climat de nos collines renforce les alvéoles pulmonaires et cautérise les plaies causées par les bacilles, mais nous qui vivons là, savons surtout qu'ici, c'est très souvent la ferme que ça sent, quand on dit c'est la ferme que ça sent, c'est pour dire ça sent la vache ou les moutons, pour dire ça sent le fumier, ça sent la merde quoi, comme à la ferme où nous mangeons à midi. Nous sommes trop peu d'élèves pour qu'il y ait une cantine, alors nous allons jusqu'à la ferme aux volets bleus, manger dans la grande salle commune, tous autour d'une table que j'ai longtemps crue posée à même la terre battue, comme dans les fermes des films anciens, comme dans *La Vache et le Prisonnier*, et puis un jour j'ai découvert que c'était juste sale, qu'il y avait un carrelage en dessous, des carreaux jaunes piquetés de noir.

Près de la fenêtre, sur une étagère recouverte de papier autocollant à motif vichy rouge et blanc, des missels sont entassés à côté d'un carnet de recettes aux pages collantes aux endroits où les pâtes à gâteaux ont coulé, où le gras a emporté des lignes entières dans le néant. À côté des éditions Bibliothèque Rose du Club des cinq qui datent de Mathusalem, une bombe de Raid insecticide répand ses odeurs d'hydrocarbures même fermée, elle est utilisée directement sur la table, tant pis pour les précautions d'usage, de toute façon effacées par le produit dégoulinant.

La ferme sent les hydrocarbures, ne sent pas l'air des aériums, la ferme sent la paille visqueuse sur les bottes en caoutchouc, la saleté sous les ongles, les lapins dépecés et pendus dans la cuisine tête en bas, la bassine de sang en dessous, le lait chaud dans le seau à côté, les lentilles en salade et la macédoine de légumes. Ça m'étonne que des châtelains aient pu trouver agréable le contact avec ces odeurs, avec ce lieu, ça m'étonne que les Enjoleras soient arrivés ici, je ne sais pas comment ils ont pu connaître le village, s'ils sont un jour passés en balade, qu'ils se sont dit pourquoi pas, pourquoi pas ici plutôt que n'importe où ailleurs dans le périmètre de l'air à aérium. Je ne sais pas non plus pour le terrain, s'il s'agissait d'un héritage ou si quelqu'un le leur a vendu, quelqu'un qui possédait tant d'hectares rassemblés, des hectares de forêt en bordure du croisement des chemins, celui qui longe en bas et qui mène à l'école et le chemin dit du Cri, qui grimpe, qui sépare notre école de chez eux, qui mène à d'autres villages accrochés aux coteaux, loin, et à cet endroit du croisement, quelques centaines de mètres carrés de pré moins arborés, promontoire sur lequel ils se sont installés.

Comment en arriver à faire transporter jusque-là des pierres si imposantes, des marbres pour les bandeaux, des ardoises pour les toits, des garde-corps à volutes, des fenêtres si hautes, tellement de fenêtres, et puis des boiseries, faire venir des artisans, du plâtre de Paris pour mouler les corniches, des bacs pour les buis, des centaines d'espèces d'arbres exotiques pour le parc au cœur de la forêt, un parc aux essences venues de la planète entière, tellement fantastique qu'il a été classé, un parc invisible pour celui qui ne pénètre pas dans la propriété, pour celui qui n'est pas invité, mais tout le monde sait, tout le monde le sait que les Enjoleras ont fait de leur forêt quelque chose de merveilleux, alors que notre forêt à nous, celle qui nous entoure, qui est pourtant de la même terre, ne produit rien d'autre qu'elle-même.

Je connais bien les mots *orphelin*, *orpheline*. Je les entends depuis toujours. Pas seulement dans l'enceinte ombragée de Sorcelin, pas seulement dans la cour lorsque nous jouons avec les fantômes du pensionnat ou quand le soir je les convoque dans mes rêves ; ce sont des mots que j'entends tous les dimanches et bien souvent aussi les mercredis après-midi, sur la route qui mène chez mes grands-parents maternels à Morneré, et puis chez eux, je les entends autour de l'imposante table à manger ou sur la balancelle du jardin ; la grand-mère me le dit, la femme du fils de Marie me raconte : « J'étais une orpheline », et suivent les années d'enfance dans une institution des environs de Lyon, à quelques kilomètres plus au nord, dans une bâtisse froide et fière, semblable à celle de Sorcelin, ce même genre d'institution où des enfances ont passé, des fillettes grandi en rangs serrés entre les temps d'étude et les cadences liturgiques, des années faites de journées lentes et monotones, de repas pris en silence ou de veillées recueillies ; et quand bien même la grand-mère a absolument l'âge d'être une grand-mère, « j'étais une orpheline » demeure l'indétrônable incipit qui colore ses récits, tend un ciel orageux sur les conversations, « ta pauvre grand-mère qui était orpheline » annihile la moindre tentative de reproche ou de mécontentement, se doit d'effacer les colères toutes générations confondues, parce qu'elle n'a pas connu sa mère, et telle ou telle chose, seule une mère sait l'apprendre, « et puis elle a été enfermée dans un couvent », et toi tu n'as pas idée de ce que c'est, non évidemment, toi qui a tout, ça laisse des traces une enfance pareille, tu peux comprendre cela à la fin ; tu peux comprendre.

Ce n'est pas que je ne sais pas voir le drame ; il apparaît bien net dans ce qu'on me raconte, dans les bribes de mémoire d'une famille qui est un arbre aux branches pleines de ramages morts, de fratries éparpillées, de tombes sur lesquelles personne n'est venu pleurer. D'états civils incomplets, perdus, détruits. D'histoires dont on ne connaît pas grand-chose.

Ma famille est un arbre blessé. Depuis les branches qui me sont proches jusqu'à la cime indécelable, depuis les temps hors de récits, ma famille est un arbre tortueux et meurtri ; je l'entends bien le drame, dans les quelques phrases d'un récit répété à l'infini, le grand-père de mon grand-père de Morneré, laissé à un fermier pour servir de garçon à tout faire, dormant sur le fumier des granges pour ne pas geler dans les nuits ; l'arrière-cousine sans dot noyée dans une mare du coin, main dans la main avec celui, fils de, qui ne deviendra jamais son fiancé ; l'enfant seul, en Espagne, dans les montagnes de Cantabrie, entamant une marche qui durera six années pour rejoindre la région lyonnaise où l'on cherche des manœuvres, logé quelques jours dans une ferme, chez un patron ou un autre, au bord des routes sûrement, retenu dans des camps au pied des Pyrénées.

Je les ai toujours sus, *orphelin*, *orpheline*, parce que nous sommes lestés d'absents et de perdus ; mais dans ces mots en moi résonne aussi le nom d'Orphée, et les enfers d'Orphée sont de ceux qu'on franchit. *Orphelin, orpheline*, j'entends ces mots qui sont des mots terribles, mais je rêve les aventures liées à de tels destins, celles qui se racontent dans des livres, celles du Rémi de Malot lu et relu en boucle dans son édition originale, me colle au poste de télé les dimanches matin pour suivre les adaptations de *Sans famille* ou de *La Petite Princesse*, où la pire des pires misères finit toujours par s'oublier dans des intérieurs dégoulinants de richesses et de joies, où l'on se découvre toujours un peu fils ou bien fille de roi.

Au creux de mon monde fait de noms oubliés, aux orthographes changeantes, de ramifications sèches, de recommencements et de mystères, je me demande parfois pourquoi je n'ai pas cette chance moi-même d'être seule sur mon morceau de bois et d'avoir toute ma vie à inventer.

Le grand-père de Morneré a eu ce geste, qui n'est pas un geste de peur, pas le geste de celui qui craint la perte, de celui qui craint que les choses auxquelles il tient s'abîment, qui dit attention, c'est précieux prenons-en soin, il faut protéger encore, encore un peu, c'est là depuis si longtemps, on se le transmet depuis tant de temps, pas cette sorte de geste qui accompagne la lutte douce-amère avec ce qui nous fait homme, nous fait vivant contre ce qui s'échappe, le grand-père a eu ce geste devant moi, fait pour moi, et ce geste n'est pas de la peur.

Souvent je l'ai rejoué, devant le miroir de l'armoire, dans la chambre du pavillon accroché à la roche du mont, les deux mains placées comme il avait placé les siennes. J'ai voulu faire dire la peur au mouvement de ses mains ; la peur du sale, c'est une peur que je comprends, une peur intégrée, les mains poisseuses des gosses qui touchent à tout, les traces de feutre sur les poignées, de gras contre les vitres, toutes ces empreintes digitales exposées sur un fond de jardin, les traces du goûter contre les touches blanches de mon piano. Je comprends le dégoût pour ce sale qui se transmet, j'aurais compris la peur que je salisse, sans idée de ce que la peau de mes mains portait à cet instant-là quand je me suis approchée.

Le grand-père dit « non », il accompagne le non par le geste, les deux mains au-dessus de la table, à hauteur de poitrine, il est debout contre le bord de la table dans la salle à manger, la table de bois marquetée, épaisse, ses pieds tournés qui finissent en pattes de lion, en griffes, trois niveaux de corniches pour encadrer un plateau en chêne en forme de corps de violon, sa sous-nappe en Bulgomme contre laquelle on joue à faire rebondir les pics des fourchettes, une nappe vaguement ouvragée par-dessus, blanc vieilli, brodée par la grand-mère quand elle était enfant, brodée durant les longues heures silencieuses, la nappe gardée au fil des années et des déménagements, huit chaises cannées, vernies à haut dossier, lourdes à déplacer. Le grand-père se tient debout au bord de l'imposante table, ses mains au-dessus du plateau, un immense album déplié devant lui, large comme peut l'être un atlas avec ses planches illustrées, un album à l'amplitude singulière, des ailes d'albatros dépliées sur le pont, un oiseau couché là, apaisé, apaisé ou perdu, l'album recouvre la nappe qui recouvre la table, et dans ce jeu de recouvrement les mains du grand-père dominent la scène qui se joue.

Je suis tant attirée par le livre aux pages grises, à la couverture rigide ; dans l'épaisseur de chaque page les encoches retiennent des photographies couleur sépia, couleur parfois trois fois rien, presque rien. Dans les épaisseurs des ailes grises gisent des images couleur de plus grand-chose, gisent des brouillards mats sur papiers fins ou cartonnés, des images qui tiennent du miracle, tiennent par miracle, encochées mais décochables, des dizaines de brouillards miraculeux. Je vois des silhouettes dans le paysage de mon Sorcelin, dans des images qui tintent d'un temps mystérieux, résonnent dans l'ombre que l'orphelinat déploie déjà, déploie encore.

Des silhouettes s'embrument dans leurs rectangles fragiles, sont devenues des flaques floues, d'étranges prisonnières du papier baryté, d'autres s'enfuient de leur ancrage en laissant les chimies se défaire. Préservées parfois, parfois intactes. Voici des prisonniers du temps de l'avant-moi, l'arrière-grand-mère Marie dans des robes longues, enlacée par le paysage coulant à ses contours, des poses fières, consciencieuses, ma colline, les forêts, les charrettes des vendanges, les bottes de paille, les réunions sur la terrasse de la maison en pisé, des tabliers, des sabots, l'atelier de confection au travail, des robes du dimanche toujours les mêmes dans le défilement des saisons, des chapeaux reconnus d'une image à une autre, et, dans les pages dépliées, flotte un parfum de promesse.

Je voudrais m'immerger dans ces images, il y a mon village, et le grand-père a ce geste, debout devant son réservoir à miraculés, ses deux mains au-dessus de l'album dont il tourne les pages au moment où je viens, ses mains suivent l'intonation de sa voix, de son « non », l'accompagnent, il lance ses deux mains dans ma direction, va-t'en dit le geste dans l'espace.

Pas en arrière immédiat, je bute contre le mur, bouscule la chaise, la chaise lourde tombe contre le carrelage blanc, grand fracas, tout ce bruit des objets, bois contre brique, contre céramique, contre chair, j'entends sa voix quand même, ça ne te concerne pas, ce n'est pas ton histoire, l'un ou l'autre, peut-être, j'ai entendu les deux, quelque chose d'approchant, quelque chose pour me dire ce n'est pas ton histoire. J'entends ce n'est pas ton histoire, je fais un pas en arrière en butant contre la chaise lourde et la chaise bute contre le mur, contre moi, gît sur le sol. « Tu n'es pas une __ », il dit son nom de famille à lui qui n'est pas le mien, « demande donc à ton autre grand-père », il dit cela et il sait que l'autre grand-père n'a pas de photographies, pas d'album à larges ailes cartonnées.

L'autre grand-père, c'est celui par lequel a transité jusqu'à moi un nom venant d'Espagne, un sang venant d'Espagne, transité par lui puis par son fils, un sang qui a refusé de se diluer pour être moins visible, a refusé la dilution, m'a faite brune parmi les blonds, donné des yeux noirs chez qui les porte bleus, les joues teintées sous-ton olive quand je laisse le soleil se déposer dessus, peau bronzée couleur vert-de-gris au milieu des peaux plus claires qui s'embellissent de taches de rousseur en été, ces points de beauté que je tente d'imiter avec un feutre orange en tapotant mes joues de la pointe molle pour m'offrir ce cadeau des blés, les hautes plumes d'épis qui nous caressent et nous blessent quand nous crapahutons sur le mont Luciole – crapahuter encore, se laisser griffer, caresser et appartenir.

Je ne sais rien de l'Espagne, des cousins fusillés, on ne veut pas parler des fusillés, une arrière-grand-mère que je n'ai pas connue, qui n'a jamais parlé, jamais rien dit, qui a fini sourde et aveugle pour qu'on ne lui pose plus de questions ; l'Espagne est silencieuse et sans récit, une langue que personne ne parle, un silence obstiné. L'Espagne s'est juste manifestée comme cela, comme elle a pu, a pointé son doigt sur moi en me fabriquant brune aux yeux noirs, et, dos acculé au mur de la salle à manger, je regarde le grand-père à l'album, si fier de tenir tous ses morts entre ses pages, fier de distinguer parmi les silhouettes d'avant des silhouettes qui lui ressemblent, de se sentir ressembler aux silhouettes en sursis dans les bromures, plus riche de cette richesse venue de là et qu'il veut devant moi sans partage, le grand-père a ce geste qui dit ça n'est pas ton histoire.

« T'es pas une __ », suivi de son nom de famille à lui qui n'est pas le mien.

Dans l'album du grand-père au geste agacé gisent des photographies de mon arrière-grand-mère Marie, sa mère à lui, qu'il a adorée et chérie ; je grandis à Sorcelin avec son portait accroché dans l'entrée du pavillon, un grand portrait en buste, presque à l'échelle réelle, qui montre bien qu'elle était belle, une photographie encadrée de noyer, tant retouchée qu'on croirait un dessin, on lit le passage du feutre, des remodelages, qu'importe. Chaque fois que nous passons devant, nous répétons : « Elle est belle. »

Marie a grandi dans le village de Sorcelin, y est née presque cent ans avant moi, dans la maison-atelier qui appartient depuis longtemps à d'autres, devant laquelle je passe chaque fois que je vais à l'école, au bord du chemin des Côtes, tout à côté de la côte qui a donné son nom au chemin, une terrasse en surplomb de la rue, la terrasse aux lilas absolument lilas, grosses gerbes, grappes rondes et charnues, des lilas inimitables ; la terrasse sur laquelle des dizaines de photos ont été prises par le frère séminariste et qui emplissent aujourd'hui l'album du grand-père.

Marie a habité trente années à Sorcelin. Elle est restée là jusqu'à son mariage, déjà trente ans lui disait-on, déjà trente ans entendait-elle, puis elle s'est installée à quelques kilomètres, en bas, dans la plaine, à Mornéré, près de l'homme dont elle était devenue l'épouse. Et durant des années, tous les dimanches, sans exception, elle est revenue, trois kilomètres à grimper à l'aller, vite faits par tous les temps, pour rejoindre la maison en pisé de ses parents au village dont, longtemps, elle avait été la plus belle des filles.

La plus belle, sans hésiter, mais pas seulement ; quelque chose de plus aussi, un miracle encore, la chance d'avoir assez d'allure pour donner l'impression de n'être pas de là. Marie avait assez d'allure pour que l'on puisse penser qu'elle venait d'ailleurs, qu'elle n'était pas qu'une tisserande au fond d'une campagne triste, une campagne au rythme établi, sans surprise ; qu'elle n'était pas qu'une de ces filles, une de plus, sur laquelle la vie allait passer sans faire de vagues. Sur les photos de sa jeunesse, on la remarque, un port de tête tenu fier, le visage toujours dressé face à l'objectif, un chignon travaillé d'où aucune mèche ne s'échappe, des robes aux couleurs claires, aux motifs fins, même aux champs ou aux vignes, à l'atelier, des robes à motifs, comme on n'en trouve pas ici, ça ne se fait pas, on fait simple, on fait avec ce qu'on a, pour ce qu'on a à faire. Mais Marie se coud de beaux vêtements, Marie sait qu'elle est belle, plus belle que ses camarades des quelques années de classe, dans l'ancienne école pour filles, démolie depuis, effondrée ou détruite, et dont il ne reste rien. Marie possède un corps élancé qu'elle sait mettre en valeur, des cheveux épais et clairs, nez parfait, bouche parfaite, joue bombées, dans ce décor elle se remarque, dénote.

Elle a assez d'allure pour que l'on puisse imaginer qu'elle ne passait pas ses étés à aider aux moissons, ni les dimanches à garder les troupeaux, les septembres à récolter la vigne. Assez d'allure pour avoir envie, la nuit, de se coudre des corsages piqués de broderies, de faire partie des trajets pour la ville, aller à Lyon déposer les rouleaux de soieries, voir le fleuve, aimer la foule. Assez de rêves pour moins supporter l'ennui que d'autres, moins supporter la boue qui s'agrippe aux bottines le long des cent mètres séparant de l'église, cette unique balade hors des chemins des bois que l'on fait plusieurs fois par jour, on va aux mâtines, on va aux vêpres, on suit le rythme. Assez pour détester l'ennui lourd et tenace, les saisons qui reviennent trop vite, passent trop lentement, trop d'allure, un visage inoubliable, des sourcils hauts et blonds, ce mystérieux sourire que j'ai connu sur son visage lorsqu'elle était devenue une femme de presque cent ans, son regard, acéré, acide, un regard bleu, net, clair comme de l'eau de roche, une eau libre de ruisseau, comme un éclat des rayons réverbérés contre la vitre, vif-argent, bleu jusque dans le noir et blanc des images fixes, jusque dans les sépias. Le bleu des yeux de la jeune Marie tenait du ciel de montagne, des ciels merveilleux qui constellent le monde, des fleuves offerts à ces cieux en miroir, un bleu de voyage ; un bleu plus tard retrouvé dans les yeux du grand-père, dans les yeux de tous ceux qui descendaient d'elle, du frère, des cousins éloignés, des oncles ; à l'exception des miens, qui n'ont pas su garder ce témoignage d'elle.

J'ai connu cette idole quelques vagues années ; elle était la doyenne de la maison de retraite, une grande fête se préparait pour célébrer son centenaire ; elle ne voulait pas en entendre parler, ça l'agaçait, faire la fête avec des vieux merci bien, mais le maire prévoyait un discours, on me faisait apprendre un air au piano pour le grand jour, le jour pile de l'anniversaire, et pendant plusieurs semaines je m'étais évertuée en débutante à enchaîner quelques notes. On avait commandé une pièce montée faite de choux collés au sucre. Elle disait « je ne veux pas », elle n'a pas voulu essayer sa nouvelle robe, pas envie d'être commémorée et puis quoi encore, tout ce tintouin, et dans la nuit, la nuit qui séparait la veille du jour de sa fête, elle est morte. « Je ne veux pas », elle l'avait dit, et elle est morte pour ne pas avoir à porter cette robe pour fête de vieux.

À la cérémonie d'enterrement, quelqu'un raconta l'anecdote récente des fils électriques qui auraient pu la tuer, mais tant de choses auraient pu la tuer, elle avait traversé un siècle fait du pire et du plus fantastique ; elle avait eu cent ans pour mourir et elle avait choisi la veille du passage aux trois chiffres, par coquetterie, pour que tout s'arrête. Quelques mois en arrière, elle avait coupé aux ciseaux des fils électriques qui traînaient, trop longs, encombrants. Un coup de ciseaux sur les fils branchés du réveil et de la lampe de chevet, avec sa vieille paire de couturière, du temps des métiers à tisser dont plus personne ne connaît le ronronnement, sa paire de ciseaux à broder en forme de grue ou de héron, du temps des canuts, lorsqu'on savait encore ce qu'étaient les canuts, et par miracle, comme il doit y en avoir mille pour vous maintenir en vie tout le long du xxe siècle, pour vous permettre d'arriver à cent ans en étant aussi alerte qu'à vingt, des jambes de jeune fille – ce sont les médecins qui le disent et elle le répète, fière, en raccourcissant encore les ourlets de ses robes –, pour être là quand plus personne ne l'est, ni époux, ni amis, pour découvrir ce qu'est un hôpital à quatre-vingt-dix-neuf ans et être heureuse de l'aventure, comme on peut sûrement parler de miracle quand on coupe des fils électriques reliés à la prise avec des ciseaux, qu'on les coupe dans le bon sens et que les ciseaux fondent net, collés à l'endroit du contact sur le fil dénudé, juste un peu secouée par le choc, trois fois rien, la maison de retraite plongée dans le noir durant des heures ; jusqu'à cent ans réchappée de bien des périls, mais pas de ce qu'on aille contre son avis, et cette fête, elle ne voulait pas la faire, elle l'avait dit.

J'ai connu mon arrière-grand-mère Marie, je l'ai connue avec les mêmes traits et la même coiffure qu'a le visage dans l'entrée. Pour ses yeux, je ne sais pas dire, je n'ai connu que ceux délavés d'une femme très âgée. Ses cheveux avaient eu des décennies pour passer de blonds à blancs, mais c'était le même chignon, remonté à l'aide d'un peigne en écaille ou en corne ; cela se faisait à l'époque des portraits photographiques encadrés de noyer, à l'époque des robes épaisses et longues, des chapeaux du dimanche, à l'époque des vendanges sur le mont Luciole ; ça ne se faisait plus depuis longtemps quand j'ai connu Marie, avec sa coiffure en bouffants et ses chignons haut perchés.

J'ai tenu dans mes mains le petit peigne blanc de ses chignons hors du temps et impeccables ; mais il faut vieillir soi-même pour comprendre ce que c'est de passer, de passer en même temps que passe le temps, au rythme des tours de planète, pour comprendre que les vieux ne sont pas nés vieux, pas nés pour être juste vieux dans nos histoires à nous, qu'ils ont eu la jeunesse, nous l'avons un instant, que la jeunesse passe sur nous, nous délaye, nous fripe, que nous devenons vite des corps en train de se noyer.

On a beau entendre les vieux nous dire « profitez-en ça passe vite », on les entend sans les croire, on les regarde avec une politesse empreinte de mépris, sourire d'adolescent en coin, clope au bec en riant entre cousins, il faut que des générations te poussent pour comprendre ça, pour l'intégrer. Quand tu commences à comprendre que ça n'est pas une blague, que tu vieillis toi-même, que tes traits se fanent, se fanent, tu as un peu honte d'avoir ri des vieux qui te l'avaient bien dit, ça passe.

J'attendrai d'avoir trente ans pour que dans mes sourcils noirs un poil dru et blanc perce pour la première fois. Enlevé à la pince, posé dans ma main, nous nous sommes jaugés un long moment, c'était fait, le compte à rebours était enclenché ; ce jour-là, mon poil de sourcil blanc me l'a dit sans que je puisse ni regarder ailleurs ni refuser de l'entendre : Tu passeras, comme passent les hommes, comme sont passés tous les hommes qui sont venus. Mourir est une chose, mais vieillir, c'est autre chose à penser ; ceux d'avant savent avant toi, ils fanent avant toi, tu faneras aussi.

Marie était la plus belle fille du village de Sorcelin, et les Enjoleras l'avaient remarquée. Un dimanche, à la messe, ou tandis qu'elle marchait pour s'y rendre, les Enjoleras avaient eu l'œil, reconnu les bonnes manières, apprécié l'élégance, ils avaient vu Marie. Ils étaient là pour l'été, pour quelques jours ensoleillés ou pour la guerre, la première ; celle durant laquelle Marie avait déjà trente ans. Ou bien c'était avant, Marie était encore très jeune, rien ne sentait la guerre et les Enjoleras étaient simplement venus là comme ils venaient toujours aux beaux jours, profiter de l'air pur depuis leur grande demeure blanche.

Ils l'ont vue et ils lui ont proposé, à elle, la jeune femme de la maison du bord du chemin, la maison-atelier en pisé avec son unique haute salle commune, de venir prendre le thé au château, prendre le thé dans la grande demeure devant laquelle Marie rêvait en passant, une maison en pierre, en pierre quand tout, autour, avait la fragilité du pisé, une maison d'apparat, de réception, une maison des beaux jours, un écrin pour l'été maintenu les yeux clos durant le restant de l'année. Une maison-bijou, tache blanche sur le décor boueux.

On avait beau être au même endroit, Enjoleras et villageois, on n'était pas du même monde, on savait les frontières fixées et strictes, mais Marie allait passer de l'autre côté du portail ouvragé, c'était un évènement, tout le village en parla. On demanda à son frère séminariste de l'accompagner. Pas de chaperonne comme dans la haute, mais enfin, un frère presque curé, ça donnait le change.

J'imagine souvent Marie la nuit d'avant la journée du thé au château blanc, fignoler une robe plus travaillée qu'à l'ordinaire, élaborer un chignon plus précis, s'inventer un port de tête plus altier.

À une minute de marche de sa maison, à peine, cette après-midi-là, elle est entrée dans le château Enjoleras, elle s'est promenée en leur compagnie, dans leur parc ; peut-être a-t-elle vu les essences exotiques que la légende raconte. Je ne sais pas de quoi ils ont pu se parler, combien ils étaient, s'il y avait des fils de son âge, je crois qu'il y avait un fils qui avait son âge, comment était le thé, en avait-elle déjà goûté qui avait la même saveur, et la porcelaine fine dans ses mains, savait-elle comment mettre ses doigts sur l'anse, bien se tenir, se tenir droite, se tenir loin de son quotidien, pour une fois n'être pas penchée sur le métier, ne pas être au travail, a-t-elle su leur parler, dans leur langage à eux, leur langue plus étudiée, je ne sais pas si elle a réussi à gommer un peu l'accent des campagnes lyonnaises qui écrase les *a* et les *e*, que je porte moi-même légèrement, cet accent que les Enjoleras devaient juger avec mépris ; ce que je sais, c'est qu'elle leur a plu.

Marie leur a plu, ils lui ont proposé un voyage, des vacances, ils allaient la conduire, dans leur voiture. Ils ont été les premiers à posséder une voiture motorisée, à en faire venir une ici, il y a une photo, tout le village est regroupé autour de la Delage garée en évidence sur la place de l'église, on se demande comment elle a pu grimper depuis la ville vu l'état des chemins – mais avant ça ils avaient déjà quelque chose que nous n'avions pas ici, une calèche aux allures de carrosse, deux chevaux et un cocher. Après le thé, Marie a dû faire le chemin pour rentrer chez elle comme en volant, des yeux curieux la suivant derrière chaque rideau soulevé discrètement le long de la rue principale ; elle allait partir en vacances avec les Enjoleras, mon arrière-grand-mère Marie avait tellement d'allure que les Enjoleras au château blanc l'emmenèrent à la mer.

Du village de cette époque, elle a été la seule à aller voir la mer, et dans l'album albatros du grand-père, j'ai admiré la femme qui a vu la mer, est montée dans la première voiture qui soit venue ici ou dans un carrosse de reine, a bu le thé dans le salon ou sur la terrasse de la demeure la plus enviée du mont Luciole, une après-midi de guerre, ou bien d'été.

C'est quelque chose que j'ai compris petit à petit, en écoutant encore et encore mon grand-père raconter cette histoire, juste une tension sur les mots, sur ce souvenir parfois évoqué, de loin en loin évoqué, un fil ténu au beau milieu du merveilleux souvenir du merveilleux voyage de l'arrière-grand-mère Marie et des Enjoleras au bord de la mer. J'avais retenu *elle a vu la mer*, je devais moi-même imaginer cela ; j'ai dû mélanger mes songes et les bouts de récits transmis, phrase ici, phrase là, quelques minutes sur la balancelle chez les grands-parents. Non ce n'était pas la mer, mais c'était quand même fabuleux, si fabuleux que ça aurait pu l'être, « je ne t'ai jamais dit la mer, ils sont allés au lac, ils l'ont emmenée au lac », le lac de Côme, non celui d'Annecy, pas la mer mais le lac d'Annecy. Ça avait quand même été grandiose, suffisamment pour que cent ans après, les dimanches après-midi sur la balancelle servent d'écrin à ce récit, sans cesse redit, raconté encore, le roman de Marie.

Personne ne quittait le village plus loin que Lyon, et encore, les soyeux partaient la journée pour les livraisons. Les garçons, en 14, si, ils étaient allés à la guerre, ça les avait emmenés parfois loin, ça les y avait laissés souvent, reposant sans nom dans des terres inconnues. Certains étaient heureux au moment de partir, ils découvraient le train ; leur premier voyage. Les filles recueillies par l'orphelinat venaient de toute la région, mais elles, ce n'était pas pareil, c'était des étrangères. On est vite une étrangère dans nos coins, il suffit d'être du village d'à côté.

Marie était partie en voiture avec les Enjoleras pour une de leurs villas ; et l'amer étendu sur le souvenir superbe, ce n'est pas que la Méditerranée soit devenue lac d'Annecy, c'est autre chose, moins dit, moins exprimable. Ce voyage avait laissé un goût de déception et de violence aussi, ça se sentait à travers les mots de ceux qui racontaient à leur tour ce qu'avait raconté Marie.

La voix de Marie portait l'émerveillement, les éclats du soleil sur la surface claire des vagues, et autre chose aussi, en sous-ton, en sourdine, dans l'épaisseur des eaux plus troubles ; invitée, invitée oui, mais invitée comme pouvait l'être dans une telle famille une jeune tisseuse de velours de soie, pleine d'allure mais artisane, instruite mais villageoise, pas tout à fait comme aurait pu être invitée une cousine. L'arrière-grand-mère avait glissé quelque chose de plus pesant dans sa façon de dire, et sous toute cette beauté, ça remontait à la surface. Il n'y avait pas eu d'autres voyages après celui-là. Un voile s'était déposé sur son regard bleu, une brume couleur nuit qu'elle s'est mise à cacher sous les bords de ses larges chapeaux, ses grands chapeaux des photos de l'album, la belle Marie et sa belle allure, l'ennui de sa jeunesse bousculé par ce voyage, éprouvé seulement par lui. Et après l'été des Enjoleras, retrouver le tissage où chaque accroc fait évènement, réparer les accrocs, laisser passer le temps, jusqu'à ce jour, au sortir de la guerre, où quelque chose se passe, enfin, sans qu'elle ne cesse jamais tout à fait de repriser, en songe, le temps du lac.

Depuis des décennies, le château des Enjoleras n'est plus à eux, comme la maison-atelier du chemin des Côtes n'est plus à nous. Les châtelains ont quitté notre village, certainement peu de temps après cette histoire de lac et de voile dans les yeux de Marie. Tout le monde a continué, dans une forme d'habitude, à appeler la belle demeure blanche le château Enjoleras, quand bien même les propriétaires se sont succédé, sacrifiant chaque fois des petits bouts de parc pour gagner de l'argent. Tout le monde a continué à appeler le château comme on l'appelait quand il est sorti de terre, même ceux qui, comme moi, n'en avaient jamais connu les premiers habitants.

Moi aussi je suis entrée dans le château Enjoleras. Une nouvelle famille venait de l'acheter, une famille avec une fille qui avait un peu mon âge, avec un fils qui avait un peu mon âge ; ils allaient dans une autre école, dans un autre village où se retrouvaient quelques enfants des familles plus aisées, mais nous nous croisions à l'école de musique de Morneré. J'ai connu la fille du château et à mon tour, je suis entrée dans la demeure où mon arrière-grand-mère Marie était entrée.

La nouvelle fille du château m'a dit : « Tu restes là », et je suis restée là, dans le hall, tandis qu'elle gravissait la montée de l'escalier, seule dans l'immense entrée de la maison, la maison calme, et blanche, avec ses parquets clairs, les reflets de son parc frémissant mais silencieux projetés au sol, distendus doucement à travers les vitrages, stries caressantes, la demeure emmitouflée dans la ouate des cèdres et des saules, son odeur de château, la rampe en bois sculpté, les larges sofas du salon, la double porte ouverte sur ma gauche, l'autre côté du parc, vert mélèze ou empire, entraperçu à travers la vitre sur un mur opposé, la pièce traversante d'une façade à l'autre, la lucarne posée côté forêt, le lourd lustre suspendu par des cordes au plafond, les tapisseries à motifs gris, les interrupteurs en saillie des lambris, les interrupteurs en porcelaine, ronds comme des sonnettes de comptoir d'hôtel, j'ai joué avec, le temps qu'elle redescende, à peine le temps d'allumer puis d'éteindre, la voilà revenue.

Je lui ai dit : « Un jour, j'achèterai le château Enjoleras. » Face à moi, dans le hall à la tapisserie grise, la fille du château a ri. Ce n'est pas tout à fait vrai. Ce n'est pas tout à fait comme cela qu'elle a réagi, car elle savait très bien. Elle s'est plantée bien droite devant moi, son menton à hauteur de mon nez, elle a souri comme sourient ceux qui savent et elle a gloussé : « Toi, la fille de l'ivrogne, dans mon château, jamais. »

Dans la paume de mes mains que je tiens serrées au bas de mon dos, depuis les creux formés par l'empreinte de mes ongles, enfoncés jusqu'à disparition dans la chair, de fines gouttelettes de sang s'échappent jusqu'au sol, viennent s'évanouir sur le parquet clair de la maison tendre, en de microscopiques constellations.

Face à moi elle a ri, nous voilà déjà parties, et jamais plus je ne suis revenue au château.

Sa famille a fini par quitter les lieux. Peut-être les séances de prières que je faisais dans ma tête ou au sanctuaire avaient-elles porté leurs fruits, ou peut-être étaient-ce les baies séchées du laurier mises en poudre et déposées dans son cartable de solfège, les litanies de drames que je répétais à son intention le soir à la lueur de la lampe de poche, mes incantations aux filles, *aidez-moi à ce qu'elle s'en aille*, les tournoiements de ma baguette magique en châtaignier devant la façade de mon futur château, *va-t'en, va-t'en, va-t'en*...

Le château des Enjoleras est passé dans d'autres mains, une fois de plus, ce qu'il restait de parc a été vendu en terrains à lotir, acheté par un promoteur du coin, un fils du pays comme on dit, un qui vend les prés pour que les riches Lyonnais viennent habiter ici, qui fait tomber les anciennes constructions pour en poser des neuves, à la provençale, parce que les Lyonnais à la campagne aiment rêver de Provence, tant pis pour les arbres noirs, on plante des lavandes.

Le parc que l'on disait classé, protégé, a été divisé en dizaines de parcelles sur lesquelles des maisons à crépi rose et tuiles romaines ont été construites. À la mairie, personne n'a retrouvé les papiers qui le protégeaient, d'ailleurs quelqu'un les avait-il jamais vus, ça devait être une rumeur, un on-dit, une jolie légende, et quand j'ai commencé à voir les toits des maisons provençales depuis la butte de mon jardin côté sud, j'ai tous les jours répété le nom des Enjoleras entre mes lèvres, j'ai essayé de réinjecter dans l'air leur nom de châtelains, dans l'air qui sentait de moins en moins la ferme. J'ai regretté de ne pas avoir vu moi-même, de mes yeux vu, ce trésor disparu à quelques centaines de mètres de moi, et je regrettais pour eux que les Enjoleras aient choisi ce village pour planter leur domaine de rois, ce village insensible au merveilleux venu se greffer à nos parterres, bourgeonner à nos souches, insensible à la fantaisie de l'exotique enclave sertie par nos monts, incrustée dans notre asphyxiant paysage, ce paysage dense, dense mais désert.

Dans les chemins caillouteux qui sillonnent la colline de mon village, je rencontre parfois à l'automne, à la croisée des bois, des adultes aux mains terreuses et aux bottes pleines de boue, le fusil même pas cassé à l'épaule, le pas lourd, grand sourire. Ils s'amusent de ma peur en agitant devant mes yeux, pendus à de longs bâtons, comme pourraient l'être des bouquets d'ail aux poutres des greniers, des perdrix et des faisans aux têtes désarticulées, aux pattes recroquevillées, les yeux qui coulent ou figés net à la façon des yeux en verre de mes poupées, le plumage souillé de sang déjà durci et viré couleur feuille morte sur les dépouilles des bêtes. Les gibiers dansent une drôle de gigue sous les rires de leurs porteurs et je fuis effrayée. J'aimerais avoir le courage de ne pas m'échapper, de ne pas céder à ma peur devant eux, de ne pas les laisser gagner à leur jeu ; les bringuebalements des têtes me poursuivent longtemps, c'est très long à laver et le soir, souvent, je n'ai pas réussi, elles viennent gesticuler dans mes rêves, le sang de leurs blessures envahit mes paupières, la nuit est gâchée.

Quand ils me reconnaissent, ces adultes que je croise se donnent des coups de coude, ils rient en pointant du doigt un endroit du paysage ou bien un autre, tout près de nous ou caché par le bois ou derrière la colline, et ils posent la question à laquelle chacun sait répondre : « Alors il a encore trop bu le père ? » Ils l'ont laissé au bord d'un talus ou d'un fossé, abattu comme l'une des bêtes qu'ils ont tirées et ils me disent « il est là-bas », couché dans les herbes, cela suffit à faire venir leurs rires.

Je laisse la salive envahir ma bouche jusqu'à l'écœurement, je ne dis rien, je me carapate loin d'eux, jusqu'à ne plus les voir, ne plus sentir les odeurs des volailles, de leurs vestes chaudes, de leur sueur. Je n'ai pas de peine, la colère l'a fait disparaître, ma colère a gommé toute forme de peine, elle s'est rendue dans tous les recoins de mon corps envahis de chagrin et le chagrin n'existe plus, elle les a rejoints pour transformer toutes les peines de toutes les petites filles auxquelles on montre des pères avachis, laissés au bord des routes, toutes les filles dont les pères sont recouverts de vomi et de merde, se sont souillés avec leur propre merde et auxquelles on dit « alors ton père il a encore trop bu » en riant.

En reprenant ma route, bouche ouverte tout le long de ma course pour échapper aux hommes à bêtes aux yeux coulants, ma course dévorante bouche grande ouverte pour assécher les mots que je n'ai pas réussi à leur cracher, j'avale à pleins poumons essoufflés l'air de ma colline, l'oxygène guérisseur à aériums anti-bacilles ; que mes organes retrouvent l'odeur du bois, que mon corps se détache des hommes croisés sur le chemin, qu'il ne me reste rien d'eux, que tous mes sens les oublient. Dans ma course sur les chemins qui m'amènent en détours chez les copines de classe, aux prés des chevaux si chétifs, au bord du ru pour le goûter, sur les sentiers que je prends pour allonger à l'extrême possible le trajet du retour, mon trajet à boucles pour arriver plus tard, je garde aussi les yeux grands ouverts, sans cligner, pour effacer ce que j'ai vu, pour me décaper la cornée. En reprenant ma course, je me demande comment ces hommes ont obtenu leur permis d'être adultes, et s'ils n'ont pas peur de le perdre.

Je ne sais pas ce qu'il advient des adultes qui perdent leur permis, mais je sais que si les adultes sont des adultes c'est qu'ils ont rempli toutes les conditions nécessaires, ils ont été reçus, peuvent désormais se permettre d'engendrer les humains qui suivront, sur lesquels ils auront toute puissance ; et le jour où mon heure sonnera d'être adulte moi aussi, on viendra me chercher pour que je puisse passer l'examen.

Je suis loin de me sentir prête, ça m'angoisse beaucoup. Il faudra que je sache conduire, que je sache les lois, l'histoire, nos ancêtres les Gaulois, l'adjectif *pariétal* signifie que les peintures sont exécutées à même les parois des grottes, que je connaisse la règle des auxiliaires, les produits en croix, la preuve par neuf, par quels mécanismes physiques les nuages font la pluie, où contacter EDF. Je suis si admirative de tout ce que savent nos adultes, à qui et quand envoyer les impôts, quoi faire des humains quand ils meurent, la bonne façon d'éplucher les rhubarbes – on peut mourir en s'empoisonnant avec le vert du fruit –, pourquoi l'écorce du bouleau est bicolore, comment changer les carburateurs ou les courroies de transmission, on ne laisse pas un barbecue à côté des herbes sèches sans surveillance, pourquoi loin il y a la mer et je n'y suis jamais allée. Les adultes savent qu'il ne faut pas porter les mains à sa bouche si on s'est amusé à toucher les boules que le mercure du thermomètre brisé a formées à nos pieds, les boules argentées qui sont comme des planètes et semblent reconstituer au plat du sol une galaxie miniature et vénéneuse. Les adultes savent que le gaz fait exploser les maisons, on doit penser à le fermer, savent où se trouvent les contrées éloignées et invisibles, invisibles même depuis la croix du Signal de Saint-André qui est le point le plus haut du département, qu'un boulier sert à faire des maths, tu vois bien, à gauche les dizaines à droite les unités, qu'est-ce que tu ne comprends pas, c'est pas compliqué, savent qui est le président et qui était le président d'avant le président, la guerre israélo-palestinienne, le mur de Berlin dont nous gardons un morceau coincé dans le boîtier transparent du CD de l'*Hymne à la joie* édition limitée décembre 1989, on utilise de l'ammoniaque pour dissoudre les vernis, ne jamais mélanger le vinaigre à la javel car le gaz qui s'échappe s'appelle le chlore et n'est pas tout à fait le même que celui que sent la piscine, pour nager il faut faire un mouvement des mains séquencé en une traction puis un retour au point de départ de manière à former une boucle tandis qu'avec les jambes on effectue une poussée en ciseaux, deux tiers diesel un tiers essence c'est implosif, deux tiers essence un tiers diesel c'est explosif, ou l'inverse, on ne met pas ses coudes sur la table, imagine une balle de tennis coincée dans ta paume pour que tes mains aient la bonne position sur le clavier. Les adultes savent quoi répondre à qui et comment, j'ai l'honneur de solliciter auprès de vous, de votre haute bienveillance, je vous prie d'agréer mes sentiments distingués, bientôt tu auras du sang qui coule par là tous les mois, il ne faut pas autopsier le furet du jardin avec un couteau de cuisine ou une scie ou quoi que ce soit d'autre, Annie Cordy a au moins soixante balais, la voisine est une salope, tu connais pas Raymond Poulidor, tout le monde connaît Raymond Poulidor, c'est quand même pas possible de ne rien savoir à ce point.

Notre institutrice de l'école-à-la-cour-aux-platanes a dû, elle, être reçue première à l'examen du permis d'adulte, lauréate avec tous les honneurs, lauréate haut la main même si elle n'a jamais su nous dire ce qui est arrivé aux orphelines, qu'elle ne sait pas pourquoi le bâtiment vide trône là, immuable barrage de pisé à la vue. Elle n'est pas d'ici.

Elle a pris le temps de me montrer sur une carte où se trouve l'Espagne. L'Espagne est une tache jaune pâle, un territoire de couleurs et de signes changeants au fil des pages de l'atlas, est-ce si loin ? Sur le papier je trace au doigt un cheminement depuis Lyon jusqu'à Madrid,

Madrid ou bien Séville, le souffle claque contre les dents, un cheminement qui parfois suit les courbes des montagnes et serpente à travers les reliefs, qui parfois se fait ligne droite, annihile les modelés du monde, un seul geste pour réduire les surfaces. L'Espagne c'est en bas, et Carmen alors ?, le grand-père dit que l'Espagne c'est Carmen, la gitane, un opéra, je demande à l'institutrice si Carmen est ainsi qu'il la dit, si terrible, si dangereuse, si sorcière.

Plusieurs fois par jour, nous accrochons nos manteaux, bien alignés au-dessus des bancs, chacun notre manteau sous l'étiquette qui porte notre nom, « et pour Carmen alors ? », je lui demande encore. Sur les bancs s'alignent les boîtes à goûters, les chaussures dispersées en dessous laissent la neige coincée dans les dessins de leurs semelles se répandre en eau sur les carreaux de ciment colorés, entre les carreaux, ça n'arrive jamais à sécher tout à fait ; « Madame, vous êtes déjà allée à l'opéra ? » On éparpille la flaque un peu plus à chacun de nos passages. « Ce sont comme des palais où des femmes chantent ? » L'odeur d'humidité tient dur comme fer contre les murs du hall, dans la cage d'escalier.

Une après-midi, une de celles où la nuit ancre sa senteur très tôt dans le jour, notre institutrice apporte de chez elle un gros radiocassette ; elle habite juste au-dessus, son appartement donne sur la cour et traverse jusque contre la roche tandis que sur le même palier, l'école abrite la mairie au sol recouvert de plaques de linoléum qui sentent l'huile de lin et qui ont épousé les courbes du parquet en joints perdus. Au rez-de-chaussée, qui n'est dédié qu'à nous, qu'à notre classe, tous les lustres monte-et-baisse allumés, suspensions en métal émaillé et contrepoids en céramique, elle nous fait écouter Victoria de Los Angeles chanter Bizet, consacre l'après-midi tout entière à Bizet, nous raconte, le prélude avec les thèmes, mezzo-soprano, ténor, chœur, livret, l'air de l'amour comme un oiseau, les dragons et les contrebandiers, le toréador et sa chanson que nous connaissons sous une forme grossière et tout le monde rit ; la bande magnétique devient complètement grésillante à force d'être rembobinée, l'heure de fin d'après-midi a passé, la journée a filé.

Ce soir-là nous partons un peu plus tard qu'à l'habitude, il neige, il neige et cette neige se lie à la chaleur crue de Séville, au sable de ses chemins, à l'aridité de ses campagnes, la neige devient le gravier foulé par l'Andalouse. Un long moment, sur la chaussée fraîchement recouverte, nous jouons à vocaliser et à taper des pieds, un drôle de flamenco sous les flocons, qui, sous la lumière jaune et faible du seul lampadaire de la rue, dansent aussi, s'organisent en farandoles vives, en rayons comme ceux que forment les poussières l'été derrière les vitres jusqu'au sol. La neige qui absorbe la nuit reste chaude et légère, une neige d'opéra, des flocons secs en papier de soie qu'un décorateur aurait bien pu poser là pour faire semblant. L'hiver n'empêche pas le paysage de Carmen de venir se substituer au nôtre, c'est un hiver doux et moelleux. L'institutrice nous fait signe depuis la fenêtre du premier étage, « rentrez vite, vous allez prendre froid », nous sommes déjà trempés, qu'importe. Carmen nous a ensorcelés.

L'institutrice, je ne connais pas son prénom, nous l'appelons Madame, me laisse lire à la récréation, ne m'oblige pas à poser les livres si je n'en ai pas envie. Je suis tranquille dans la salle désertée, je m'installe sur la banquette, dans les bras de la fenêtre, trop haute pour que je puisse voir à travers les vitres, ce n'est rien, le moulin de l'aération tourne en ronronnant et ce ronronnement apaise tout. J'ai pour mission de surveiller le poêle, s'il manque de bois je dois aller prévenir, ou je m'assure qu'aucun oiseau ne rentre quand tout est ouvert en été, alors je surveille du coin de l'œil et je lis *Claudine de Lyon* dans une édition flambant neuve prise au bibliobus, renouvèlement des prêts tous les trois mois, en roulement de deux groupes, ça veut dire le bibliobus deux fois par an, ne pas se tromper.

J'ai une édition Castor Poche qui sent le papier fraîchement coupé, avec une couverture où flottent des nuages blancs bordés de noir sur un fond jaune ; des années plus tard je réaliserai que le livre se déroule rue du Mail, sur les hauteurs de Lyon, là où je laisserai, une nuit précédant de quelques jours l'anniversaire de mes dix-huit ans, un peu plus que prévu dans le lit d'un premier amant ; me réjouirai au matin d'être à la Croix-Rousse pour cela, rue du Mail, un des immeubles en retrait des anciens ateliers de canuts, juste après la rue de Nuits, quoique j'aurais préféré que ce soit dans le lit d'un autre garçon, rencontré aux Beaux-Arts et aimé follement, mais après tout, il serait le prochain, quelques semaines tout au plus à attendre. Ce soir-là d'octobre, il s'agissait seulement de me débarrasser de ce qui me semblait devoir pour toujours appartenir à l'irrévocable enfance.

Dans la cour de l'école, entre le préau protecteur et l'amicale salle, dans les odeurs de craie et de fonte chaude ou celles portées par les brises forestières, c'est déjà presque l'automne à nouveau, ou encore un peu l'automne qui tient. L'un d'entre nous arrive le souffle court. Il a grimpé quatre à quatre les marches de pierre, il a traversé jusqu'à nous à grandes enjambées, à toute allure, il sait pourquoi l'orphelinat est abandonné, on le lui a raconté et il va nous raconter, il sait ce qui est arrivé aux orphelines ; il a couru pour arriver le plus vite possible, et à travers son souffle saccadé, il va nous le dire.

Nous nous sommes regroupés autour de lui, ou bien il est venu au milieu de notre petite troupe, tandis que nous tentons une forme d'immobilité pour ne pas entendre le brouhaha venu de sous nos pieds, où les feuilles des platanes, en larges flaques qui sentent les pluies à venir ou celles qui viennent de s'éteindre, crissent comme crisse la neige sous les semelles quand nous marchons dessus.

Il y a longtemps, il y a eu la Première Guerre mondiale, longtemps avant nous, avant que nos grands-parents ne soient nés, il y a eu la guerre, puis la guerre s'est finie, mais il y a eu une maladie terrible et les filles de l'orphelinat sont toutes mortes d'un coup. En reprenant son souffle, en se tournant vers moi, le garçon reprend, « elles sont mortes de la grippe espagnole. À cause de la grippe espagnole. » Ils me regardent tous.

La seule Espagnole qu'on n'ait jamais vue là, dans la cour de l'école, sous les platanes, sur les chemins autour, c'est moi. La seule Espagnole à la ronde. Mon nom le dit, nous en avons parlé en classe, je porte un nom qui vient d'Espagne ; porter un nom qui vient d'ailleurs dit que je dois bien venir un peu d'ailleurs moi-même. Pas tout à fait d'ici, même si je le croyais, malgré Marie avant moi, ses parents avant elle, et le grand-père à l'album ; pas complètement d'ici malgré toutes les photos du village qui disent une histoire dont je me sens issue, malgré les récits auxquels je me sens appartenir. Le grand-père m'avait prévenue, mon nom n'est pas le sien, ni celui de sa mère née à Sorcelin ; mon nom est celui du père, et le père vient de loin. Rien à voir avec les noms des lieux alentour, rien à voir avec ceux portés par les camarades qui m'entourent et se tournent vers moi, les pieds dans les flaques redevenues bruissantes. Le grand-père me l'a dit, que je suis espagnole, que je suis une gitane, une sauvageonne, « toujours fagotée comme l'as de pique celle-là ». Il ne m'a jamais parlé de la grippe tueuse.

La grippe, ce n'est pas un mot dont nous avons peur, elle vient chaque année dans la classe, elle circule, ce n'est pas effrayant. Mais la grippe espagnole, c'est autre chose, violent, contagieux, sauvage, aucune fille n'a survécu, et, depuis, l'orphelinat est secoué par le vent qui fait résonner dans tout le village le bruit de son ventre vide.

La grippe d'Espagne les a toutes tuées.

Elles sont toutes mortes d'un coup, les filles, et les religieuses qui s'occupaient d'elles, toutes mortes. On les a enterrées, la nuit, à l'écart du village, dans un champ devenu cimetière, ça faisait beaucoup de mortes à coucher sous la terre. L'orphelinat était vide, on a muré les portes, on a muré les fenêtres, on ne savait pas quoi faire avec toute cette place pour rien, et le cimetière, depuis que la dernière fille a été étendue, personne n'y est plus retourné.

Toutes les filles sont mortes, mortes de cette grippe, et cette grippe a épargné les gens du village, voilà ce qui se dit, une grippe que pour elles ; ce n'est pas qu'il y avait beaucoup de villageois, il y en avait moins que d'orphelines dans le couvent, et certains étaient morts évidemment, de tout ce dont on meurt, mais pas un à cause de la grippe restée comme coincée entre les murs du pensionnat, pensionnaire à son tour, intruse circonscrite aux hauts murs argileux, bien décidée à ne pas se répandre au-dehors, bien décidée à s'ensemencer là, l'étrange influenza qui avait fait son choix et emportait opiniâtrement les filles du couvent, exclusivement.

Comment une maladie aussi terrible a-t-elle pu venir de si loin, jusqu'à ce village où personne ne vient ; il n'y a que ma famille espagnole pour avoir fait tout ce chemin. Et les Enjoleras. Mais eux ne venaient pas de loin, ne sont pas restés, ne se sont pas mélangés, et puis ce sont des châtelains. Je ne connais pas l'histoire de ma famille espagnole ; je ne sais pas quand, je ne sais pas comment, mais elle a apporté ici mon nom depuis l'Espagne, et mon nom transporte de ce qui a tué les filles. Je porte un nom venu du pays assassin, un nom assassin. Je ne peux pas n'être pour rien dans la mort des filles, je suis liée à la grippe tueuse, à la maladie venue du même pays que moi, qui s'est appliquée à effacer du monde des fillettes qui avaient mon âge.

Les autres portent des noms accrochés au village, l'une le nom du hameau sur la pente où se tiennent sa ferme et ses vergers, des arbres qui fabriquent les pommes débordantes de parfums dont on se souvient toujours après les avoir goûtées, d'autres s'appellent comme le sentier qui traverse les champs de maïs, un autre encore comme le lieu-dit au bord du ruisseau ; ils portent tous des noms que l'on retrouve gravés et peints sur l'obélisque de la place de l'église, mais pas moi. Mon nom n'est nulle part sur les cartes pour randonneurs, je porte un nom étranger, venu d'un pays qui a donné son nom à la maladie que les filles de l'orphelinat n'ont pas supportée, des filles venues d'un autre ailleurs que le mien, pas d'ici non plus. Je porte un nom dans lequel résonne celui de la grande tueuse, venu d'un pays que je ne connais pas, que je sais depuis si peu de temps situer à la surface du planisphère épinglé au mur du fond de la classe.

L'Espagne est un pays sec et chaud, je ne sais pas grand-chose de plus, « un pays de bohémiens », me répète le grand-père, il me dit « t'es bien une bohémienne » quand je refuse de mettre mes chaussures pour courir au jardin. L'Espagne, dans mon nom, dans ma chair, fait de moi la coupable. En découvrant Carmen, j'avais trouvé merveilleux de pouvoir dire « je suis une bohémienne », je me trouvais très libre, je narguais le grand-père, mais pour l'instant, dans la cour, au pied des platanes et de leurs feuilles en flaques, je ploie sous ce nom d'étrangère, sous l'ampleur du grand drame qui a transformé un couvent en coquille vide, je ploie absolument sous la culpabilité d'avoir un lien irrécusable avec la mort de tout un pensionnat qui a dispersé ses fantômes sur notre paysage.

Je ne me dérobe pas : quatre fois par jour, je continue à passer devant l'orphelinat de mes petites mortes pour aller à l'école. À chaque passage, je compte et je recompte les fenêtres, combien de filles j'ai tuées, combien de lits par chambre, quatre, peut-être six ou dix si les pièces sont grandes, il y avait plus d'orphelines que d'habitants, jamais plus d'une centaine d'habitants, donc, si mes calculs sont bons, quatorze fenêtres par étage, sans compter les deux ailes qui encadrent le bâtiment, sans compter tout ce qui est de l'autre côté et où je ne peux pas me rendre, disons deux fenêtres par chambre, j'arrive à plus de deux cents filles quand j'additionne et soustrais, j'arrive à plus de deux centaines de victimes.

Elles ne me pardonneront jamais.

Je me demande pourquoi les gens du village ont été épargnés, je me demande pourquoi ils n'ont pas soigné les filles, s'il s'en est trouvé un seul parmi eux pour tenter de les aider. Est-ce qu'ils savaient qu'à l'intérieur de l'orphelinat la mort gagnait, puis que la mort avait absolument gagné ? Le mal a franchi des portes closes, a franchi la barrière des litanies ânonnées contre lui. *Fermer les portes n'a pas suffi, Je vous salue Marie pleine de grâce, nous n'avons pas assez prié, c'est ce que dit la supérieure, nous n'avons pas assez prié ; passe, passe, passera, qui sera la prochaine, quel corps sera celui qui ne résistera pas ; Vous êtes bénie entre toutes les femmes, il doit bien quelque part y avoir quelqu'un qui nous cherche, il doit bien quelque part rester quelque chose de nous dans le monde, un document qui nous dit, qui dit notre trace, une archive, quelque chose, quelqu'un qui sait.* Est-ce qu'ils savaient, les villageois, qu'une fois mortes, les filles sont restées en quarantaine, à l'écart encore, posées au chaud d'un pré ? Et quel pré, quelqu'un saurait-il me le dire ?

Ces orphelines mortes de mon Espagne, je veux aller les voir, je veux trouver leur grand champ du silence, m'assurer, je ne sais pas vraiment de quoi, qu'elles sont bien là, encore sur la colline, que personne ne les en a chassées, que ce sont bien leurs fantômes que j'entends à Sorcelin, que ce sont bien elles qui glissent dans notre nuit. Je veux leur dire que je n'y suis pour rien, que je ne savais pas pour l'Espagne, pour la terrible grippe. Il faut que je leur dise qu'elles sont mes fées, que je suis celle qui veille sur leur grande maison, celle qui les dissémine dans toutes sortes d'histoires. Je dois aller dire aux filles que ce n'est pas ma faute, que je ne savais pas, je ne sais rien de l'Espagne. Je vais les retrouver et je vais leur promettre d'être toujours là, de protéger leur ombre, de sauver l'orphelinat. Pourvu qu'il soit à l'abri, leur champ. Il ne faut pas qu'elles arrêtent de veiller sur moi, je ne supporterai pas qu'elles m'abandonnent, moi je ne les abandonne pas.

Je suis Robin des Bois, ou bien Jeanne d'Arc. Un peu des deux. Parfois, à l'heure du dessert des longs dimanches après-midi à Morneré, la grand-mère sort le service qui avait appartenu à sa propre grand-mère, un ensemble de douze petites assiettes en porcelaine blanche au décor vert sapin, avec sur chacune, au centre, une image différente ; des assiettes qui racontent la vie de Jeanne d'Arc, et ma préférée, celle que je prends à chaque fois, c'est la dernière, celle du bûcher, celle de Jeanne au visage si fin tourné vers le ciel, Jeanne qui brûle et qui n'a pas l'air de souffrir, Jeanne qui a eu une vie assez intéressante pour être racontée sur des assiettes et dans tous les livres d'histoire, je mange la crème pâtissière peu à peu, la crème qui noie les flammes et ralentit le feu.

Chacune des assiettes possède une légende numérotée dans une sorte de cartouche, juste en dessous du dessin, et sur les bords festonnés s'entrelacent des motifs décoratifs, feuilles d'acanthe ou de Corinthe, qui encadrent des mots comme *gloire*, *patrie*, *honneur*, peints comme sur des drapeaux flottant au vent, et même si ces assiettes s'appellent des assiettes parlantes dans le langage soutenu ou chez les antiquaires, car il y a des histoires racontées dessus, nous avons pris l'habitude de les appeler les Jeanne d'Arc, « sors-donc les Jeanne d'Arc pour le gâteau », « range les Jeanne d'Arc dans l'enfilade », « ne mets pas les Jeanne d'Arc au lave-vaisselle elles n'y vont pas tu les laves à la main à l'eau pas trop chaude ». Il faut poser les Jeanne d'Arc bien face à soi, pas de travers, pour pouvoir lire le cartouche, j'y veille, et je mets un point d'honneur à ce qu'elles soient disposées dans l'ordre chronologique tout autour de la table, que l'histoire ne soit pas modifiée, Jeanne ne peut pas être faite prisonnière après avoir été jugée, cela n'a aucun sens, je fais en sorte aussi que le bûcher soit pour moi, d'être la convive numéro douze, à côté du convive numéro un puisque la table mise forme une ronde fermée, mais c'est rare que nous soyons douze, la plupart du temps nous sommes beaucoup moins, et je suis bien ennuyée avec mon histoire de Jeanne que je dois résumer en cinq ou six tableaux en laissant les autres de côté. Rien n'est plus agaçant que les assiettes qui changent d'invité et mélangent l'histoire, parce que la part servie est trop grosse alors on échange, « tiens prends celle-là plutôt », et l'assiette numéro trois se retrouve dans l'angle opposé, ça ne veut plus rien dire, c'est exaspérant, mais personne ne semble s'en soucier, comme personne n'écoute quand je demande de ne pas faire crisser les cuillères en argent sur la porcelaine s'il vous plaît parce que ça abîme l'émail.

Ces assiettes, je me suis promis d'en être l'héritière, je veille déjà dessus, je les trouve formidables, je trouve formidable qu'il y ait dans ma famille quelque chose d'aussi précieux, ça m'épate que nous ayons cela, ces douze assiettes venues de si loin, je voudrais pouvoir les récupérer en bon état, heureusement que je suis là, comment peut-on n'en avoir rien à faire de ces assiettes touchées par des mains qui ont connu le XIXe siècle ; si on touche des endroits que des mains qui ont connu le XIXe siècle ont touché, on touche un peu aussi soi-même le XIXe siècle, c'est cela qui est fabuleux. L'histoire de Jeanne aussi est fabuleuse, qu'elle soit racontée sur de la vaisselle, mais ça n'a pas l'air d'exciter ni beaucoup, ni longtemps, les invités qui font tinter l'argenterie, qui n'est peut-être pas totalement en argent, mais ça ne fait rien dit la grand-mère, qui me fait les frotter au Mirror tous les mercredis après-midi, cette argenterie qui griffe sous l'appétit trop prompt des mangeurs le corps démultiplié de la sainte, la sainte chevauchant parmi des centaines de cavaliers, dans une armure étincelante, la sainte qui s'efface petit à petit après chaque pâtisserie, n'a plus de bras à Domrémy, et déjà plus de tête au tribunal.

Quand vient l'heure de ranger le service, je pousse mes assiettes toujours au plus profond du meuble, là où j'espère qu'on les oubliera, qu'on ne songera plus à elles lorsque viendra le dessert, je voudrais que l'on ne s'en serve jamais, qu'on les laisse bien là où elles sont, qu'on utilise plutôt les moches, celles bordées par le liseré d'or, assorties à la soupière.

Il y aussi, chez la grand-mère, des dizaines de chapelets, du temps de son couvent, dans le tiroir de la table de chevet Louis XV – longtemps j'ai dit « la chambre de Louis XV » et je ne voulais dormir que dans la chambre du roi –, une boîte pleine, une boîte de dragées Fuca toute piquée de rouille, piquée du velours que fait la rouille en éclosant sur les surfaces du monde. Les dragées Fuca, on n'en entend plus beaucoup parler, mais quand même, je trouve que mettre des chapelets dans une boîte à bonbons contre la diarrhée n'est pas très catholique, je préférerais qu'on les transfère dans la boîte des La Vosgienne, même taille même matière, même boîte ronde en fer, mais ça ne se fait jamais, et les chapelets de communiants restent entremêlés depuis toujours dans la boîte des antidiarrhéiques.

Notre Père qui êtes aux cieux. *Pater noster, qui es in caelis, sanctifis us rus lus bus cis* je ne sais plus, comme pour une chanson dont on fredonne à moitié les paroles, quand on fredonne sans y songer, *Pater noster qui es in caelis*, que Votre règne vienne ; j'égrène le riz dans mes mains, comme j'égrène le riz trop cuit dans l'assiette, en quoi sont-ils les grains du chapelet, les grains qui ne sont plus blancs mais beiges, devenus beiges, ils sont passés comme on dit, comme on le dit des jours ou bien des morts ; ce sont nos mains qui passent trop dessus, ou l'inverse, c'est que nos mains sont avares de caresses. Tu frottes le grain, Notre Père qui êtes aux cieux, tu passes au grain suivant, et tu tournes. Les *Pater*, c'est quand tu as commis une faute, c'est comme ce que tu rayes sur ton cahier, mais il existe des fautes que tu ne peux pas rayer toi-même ; alors, quand tu as fauté, tu te repens, tu fais couler entre tes doigts les grains du chapelet qui ne sont pas des grains de riz mais pareils, tu égrènes et tu dis la formule consacrée.

Les perles des chapelets ressemblent tant à des grains de riz que quand mon assiette en est pleine, je récite des *Pater* en séparant chaque grain avec la fourchette et ça prend des plombes, ça n'est pas deux *Pater* trois *Avé* que je dis, mais vingt, trente, ou même cent, je me retrouve seule à table parce qu'on finit son assiette, « il y a des enfants qui seraient bien contents de l'avoir ton assiette ». On nous demande d'en apporter à l'école, du riz, pour sauver la planète de la grande famine en Somalie, on nous montre des images et on nous demande de participer en apportant du riz que l'on déverse dans des sacs de jute, on nous dit « vous êtes gentils », à la queue leu leu nous le déversons chacun à notre tour dans les gros sacs, il y a la guerre et ces sacs seront jetés depuis des avions. Je trouve que ça n'est pas très hygiénique, je demande pourquoi on ne laisse pas le riz dans les boîtes, pourquoi n'envoyer que ça. On nous dit « tiens, on mange comme les Africains » quand on en mange, ou « finis ton assiette, les petits Africains ils seraient bien contents à ta place », et devant tous les supermarchés, il y a des collectes et on verse du riz. Si dans le placard de la cuisine il ne reste que du riz en sachets, ça demande plus de temps pour les ouvrir un par un, pour faire couler le riz dans le sac en jute. Je dis « mais ce n'est pas la même cuisson » ; on les mélange tous, pourquoi on ne donne pas plutôt de l'argent, le prix de la boîte, et ensuite quelqu'un s'occupe de mettre le même riz plutôt que d'envoyer celui de nos placards ?

Surtout que certains en apportent qui a passé plusieurs années au fond des celliers, on me répond c'est pour que chacun se sente concerné et fasse un geste, qu'on se sente généreux, je demande si l'important n'est pas plutôt d'envoyer quelque chose de correct et de mangeable, pas du riz transporté dans des cartables sales, passé par des mains pas lavées, parce que c'est formidable de plonger ses mains dans ces immenses sacs, c'est comme les plonger dans du sable, et on fourre tous les mains dedans jusqu'aux coudes, on a toujours les mains sales. On me dit « ils prennent ce qu'ils reçoivent, ils ont faim », on envoie aussi les livres de lecture, les manuels *Marc et Béatrice*, on reçoit les nouvelles versions et on envoie les anciennes en Afrique, les livres pleins de traits de crayons, de correcteur, de marqueurs, de trous, de pages écornées ; on m'a dit « tu fais du mauvais esprit », je me suis tue.

La grand-mère aux chapelets raconte souvent les murs de son couvent à elle, son enfance durant la Seconde Guerre mondiale, trente ans après celle qu'ont traversée les fillettes de Sorcelin ; trente ans d'écart ce n'est pas tant que ça pour laisser respirer le siècle. Son orphelinat se trouvait dans d'autres zones sombres du Lyonnais, pas vraiment loin d'ici.

J'écoute ses récits, j'écoute les dortoirs humides, le silence dans les salles d'étude, les heures pour les prières, le bruit des couverts sur la porcelaine, cette religieuse si jeune, si belle, aussi belle que Danielle Darrieux ou même pire, qui devait bien avoir un secret pour se retrouver coincée au couvent, avec des grands yeux tristes et qui aurait tout aussi bien pu être une actrice, ça faisait mal au cœur de la savoir empêtrée là ; les pensionnaires lui glissaient en secret de rapides lettres dans les livres ou dans les tiroirs de sa commode : *Partez d'ici !* Elles attendaient l'heure de la pause mais dans le cloître ancestral qui sert de cour, il est interdit de se tenir à plus de deux pour se parler et il faut se parler en marchant, si on s'arrête on est punies, on doit retourner s'asseoir à son bureau, ça en est fini de la récréation.

Ma grand-mère a appris là-bas à broder, elle n'a jamais été douée, ça l'ennuie. Elle me montre la nappe ou un ensemble de mouchoirs qu'elle a gardés depuis l'orphelinat, une couronne de laurier au point de tige ou point passé, des oiseaux aux ailes colorées, une bordure festonnée au fil vert. Si un point n'est pas parfait, la sœur vient avec des ciseaux et fait sauter les fils, il faut recommencer, autant de fois que nécessaire, rester après la classe, même le soir, tant pis pour le dîner, les dîners qui sont toujours les mêmes, éternellement des rutabagas, il paraît que ça se cultive à nouveau ; il faut absolument bien compter les points.

J'écoute les dimanches interminables. Les fillettes peuvent sortir quelques heures ce jour-là ou sortir quelques semaines en été si un parent plus ou moins éloigné vient les prendre ; elle, il lui reste un père qui passe quelquefois, mais l'ancienne guerre de 14 l'a laissé faible, las, il ne vient pas souvent, il ne prévient pas toujours. Elle l'attend, les dimanches sont les jours de l'attente, c'est ainsi. Comme il ne vient pas, elle lui écrit, qu'elle le guette, se languit, que les jours sont longs, elle dit qu'elle ne lui en veut pas, elle parle du dimanche qui suivra, ils se verront au parloir, elle sera bien contente. Elle décline chaque détail de la semaine, on a allumé des cierges et c'était beau, on a cueilli les tomates, il a plu beaucoup, elle a eu des bonnes notes, est déçue de sa deuxième place en géographie, mais promis, elle fera mieux pour le classement de la prochaine semaine. Les dimanches s'étirent de tout leur soûl dans le pensionnat déserté, elle s'occupe en jouant du piano dans une pièce du rez-de-chaussée morcelée en box à musique ; elle est lasse aussi.

Les années passent, elle enseigne aux plus jeunes, puis elle trouve à l'extérieur une place d'institutrice. Elle n'a rien oublié de son enfance au pensionnat, ni l'ennui ni la peur, la grande peur qui n'a pas été celle d'une maladie mortelle venue d'ailleurs, mais la descente armée d'un commando, en pleine nuit, fait de jeunes garçons du coin déguisés en SS, des armes à la main, braquant les religieuses et l'enseignante qu'elle était devenue. Les garçons venaient pour piller la cave, récupérer des bouteilles pour faire un peu la fête, la cave où, à l'alerte de leur arrivée, on avait envoyé deux novices dégourdies cacher dans un renfoncement du mur, masqué par le dos d'une armoire, Rachel et sa petite sœur, rebaptisées Jeannette ou Lison par les nonnes au début de la guerre.

Ma grand-mère me dit qu'une partie de son cœur a arrêté de battre sous l'effet de la frayeur, qu'elle peut encore sentir ce morceau de cœur qui ne veut plus fonctionner depuis. Il y avait eu vol d'armes et d'uniformes, et un autre soir, deux ou trois nuits après, du couvent on a entendu des tirs ; c'étaient ces gamins, ceux-là ou d'autres, qu'un peloton SS exécutait contre le mur de la propriété d'en face. Elle me dit qu'un autre morceau s'est figé dans sa poitrine cette nuit-là.

Rachel est devenue une amie proche, elle est morte bien après l'histoire de cette grande peur, et nous sommes allées chez le fleuriste de Morneré pour commander une couronne. J'ai trouvé ça moche, pourquoi ne pas commander l'un des beaux bouquets présentés sur le catalogue, mais ma grand-mère m'a dit « t'occupe pas, c'est comme ça qu'on fait », et des monts du Lyonnais est partie une commande de couronne mortuaire pour Dunkerque, où Rachel, qui n'avait jamais voulu revoir Lyon, avait ouvert quelques années après le pensionnat un magasin de je-ne-sais-plus-quoi avec un mari beau comme l'été, « il était beau le mari de Rachel, incroyable, il ressemblait au nageur, Johnny Weissmuller ». Sans avoir aucune idée de qui était Johnny Weissmuller, ni de ce à quoi il pouvait ressembler, à voir la grand-mère dire son nom les yeux plus brillants qu'à l'habitude, on comprenait bien que le mari de Rachel, ça devait vraiment être quelque chose.

J'ai dit « on pourrait prendre le train », mais la grand-mère a haussé les épaules. Je ne comprends pas, pourquoi ne pas monter, juste envoyer une couronne, c'est si peu, quand on a vécu des choses si singulières, quand on a partagé la grande peur. Je n'arrive pas à comprendre, elle a l'air si émue quand elle raconte Rachel et sa famille restée à Lyon où, pendant la guerre, elle venait discrètement déposer des lettres et quelques grammes de farine ou des œufs, puis les après-midi à boire du thé, après, le père qui lui avait offert une fourrure, à elle qui n'avait jamais rien eu de précieux, les balades dans Lyon, la vie revenue. J'insiste, « prenons le train », mais la grand-mère s'agace, « t'occupe ».

Elle me raconte souvent sa guerre à elle, Lyon et les traboules par lesquelles on s'échappe, la façon dont on devient vigilant, la musique interdite à la Vogue des marrons sur le boulevard du 4e arrondissement, ce drôle de bruit des mécaniques des manèges où personne ne monte, les bals défendus dans les caves à la campagne, la copine qui va épouser, guerre ou pas guerre, celui qu'elle aime depuis qu'ils sont tout petits, qui passe des après-midi entières à s'épiler les jambes à la pince, la farine cousue dans les rembourrages de soutien-gorge pour en faire passer aux amis de la ville, le cours Berthelot bombardé, la peur sur le vélo en allant un soir d'un village à un autre, des explosions dans les champs à côté, mettre le vélo au sol, se cacher dans le fossé, la tête face contre terre et ses bras par-dessus, les alertes, les copains qui ne reviennent pas, le beau-frère retenu prisonnier, les fenêtres peintes, cela mille fois, les fenêtres peintes avec une bouillie de chaux et calfeutrées avec des pages de journaux, les lumières éteintes, toujours, l'attente que ça finisse, la robe de mariée détricotée pour être retricotée en pulls, la faim, même à la campagne où la vie reste moins dure, on peut cultiver un peu le jardin, le froid, la cire des bougies grattée sur les meubles pour être réutilisée, les lignes d'écriture entre les lignes de l'année précédente sur le carnet intime parce qu'il n'y a plus de carnets à acheter nulle part, les papiers servent au feu ; les religieuses du couvent où elle a grandi puis enseigné renvoient chez elles toutes les petites ayant une vague famille, l'orphelinat tellement vide.

Ma grand-mère n'est pas de Sorcelin, ni de Mornеré. Elle vient d'un peu plus loin. Elle me raconte son orphelinat, du mien elle ne connaît que ce que j'ai entendu dire, qui est ce qu'elle a entendu aussi. De la guerre traversée par mes pensionnaires de Sorcelin, de leurs peurs, de l'endroit où elles reposent, je ne sais pas grand-chose. Alors, j'entre dans l'univers feutré de leur couvent, emportée par le flux des récits que m'offre la grand-mère aux assiettes parlantes, et, dans ses histoires que j'écoute et garde précautionneusement, aux camarades qu'elle me décrit, je substitue mes filles qui n'intéressent personne, que personne au village ne sait me raconter.

Couloir, chambre, réfectoire. Des baquets en métal une fois par semaine au milieu du dortoir. Jour du bain, un baquet pour deux filles. L'immuable jour du bain, pour toutes le même, jour branle-bas de combat, agitation à tous les étages, bruits des pas, des robes qui frottent contre les sols des escaliers en pierre et des parquets en chêne, les sabots en bois, les semelles de liège, chocs du métal contre la céramique ou du métal contre les carrelages, mais pas un son de voix, pas un rire, pas un échange, pas une plainte contre le poids des bassines, le silence est la règle, jour du bain compris. Les plus âgées voudraient se laver plus souvent, mais le bain, c'est un jour par semaine, et le soir, un gant de coton au lavabo, à l'eau froide, un seul gant pour toutes les parties du corps, ce corps qu'il est interdit de regarder, parce que le corps c'est la chair, et la chair il faut s'en méfier. On s'épuise à porter les baquets à moitié remplis depuis les lavabos de l'étage, il faut les tenir à deux, éviter de tacher les parquets, les parquets qu'une fois par mois, quelques-unes, selon le roulement, passent l'après-midi à frotter à genoux, à l'aide d'huiles dont les odeurs s'incrustent sur la peau, sous les ongles ; ne pas faire tomber l'eau pendant le périple du baquet c'est aussi protéger les prochaines de corvée.

Sur le poêle à côté de la porte, qui ne suffit pas à chauffer la pièce immense où s'alignent deux rangées de petits lits en métal blanc, on peut faire chauffer l'eau dans des brocs en émail quelques minutes, l'eau qui très vite a déjà servi, devient trouble et savonneuse. *Cette semaine je me lave avant toi, la semaine prochaine on inverse.* Le plus dur avec cette eau tiède, quand le dortoir est dans le froid du soir, c'est de se laver les cheveux ; on les tresse ensuite en longues nattes remontées sur le haut de la tête, sans coquetterie, *il faut être sans coquetterie.* Les plus âgées portent leur cornette de novice, et sous la cornette font glisser le jour jusqu'à la plus petite mèche. *On a inventé un langage avec. À la façon dont on l'attache sur la tête, un peu penchée à droite ou bien à gauche, un peu froissée en haut, un peu trop sur l'avant ou bien inversement, on parvient à se faire passer plein de messages, mais gare aux mèches qui s'échapperaient sur le front ou la nuque, la punition ne tarde jamais.*

Quand je demande aux personnes les plus âgées que je croise, aux fermiers sur leur tracteur, aux ramasseurs de pommes, on hausse les épaules, je n'ai pas grand monde à qui demander, toujours on se moque, faut détruire cette ruine, faut faire tomber ce vieux machin ; mes malédictions n'ont pas dû encore les atteindre. Des bétonnières vrombissent pas loin, des panneaux de permis de construire fleurissent aux barrières.

L'orphelinat n'est pas encore ce que l'on peut appeler une ruine, les murs sont bien debout, son ombre se propage sans s'interrompre ; on me dit « ces filles n'étaient pas d'ici, personne ne les connaît, on ne va pas pleurer pour des inconnues ». Jusque dans leur mort, en huis clos, les filles sont restées des étrangères. Je voudrais entrer dans la grande bâtisse, pour voir, même si ça me fait peur, je ne sais pas si les planchers tiennent encore. Je voudrais en savoir plus, mais tous ceux que je croise haussent les épaules.

Lucinde est une amie de ma classe. Elle est venue me parler après le repas de midi, on regardait les poules qui n'en finissaient pas de caqueter dans leur flaque de boue. Elle a enquêté, posé des questions discrètement : le cimetière où les filles ont été enterrées, c'est près de chez elle ; elle aperçoit des murs à demi écroulés depuis le balcon arrière de sa maison, c'est l'enceinte, perdue dans les herbes sauvages et les ronces. Elle promet de venir avec moi. « Il ne faudra pas avoir peur », me dit-elle. Je suis prête.

Un soir, quelques semaines ou bien des mois après, me voilà partie, me voilà partie dans un sentiment d'une liberté époustouflante, et saute donc de la fenêtre de la chambre, du rez-de-chaussée et demi – une vieille histoire d'excavation mal faite, de sous-sol mal conçu ; le pavillon a été construit à même la butte, à même sa roche, il a fallu creuser dedans pour pouvoir poser des fondations à ce pavillon-là comme aux quelques autres qui tiennent contre la colline fragilisée –, saute donc de ce rez-de-chaussée et demi, des vêtements disposés sous la couette pour figurer ton corps dans le lit au cas où, le sac à dos jeté dehors quelques minutes plus tôt, l'arsenal des outils camouflé l'après-midi dans le millepertuis qui fait la chute moins douloureuse, dans le millepertuis odorant et éclos qui amortit le saut, et puis les deux pieds dans les plantes et la terre, les jambes striées par les grains du crépi de s'être laissée couler contre le mur parce que la peur a injecté au dernier moment une petite hésitation à se jeter pleinement dans le vide d'entre le rez-de-chaussée et demi et le sol. Voilà cette très grande liberté, celle que le monde m'accorde, que je m'offre, qui aura toujours le goût de ce soir-là, qui me fait courir plus vite, fait de moi une hors-la-loi superbe et éclatante, me fait trouver dans les limites de mon corps des espaces de respiration insoupçonnés, la très grande liberté qui se love et s'inscrit dans mes sens lors de l'assaut mené cette nuit contre ce qui avait jusque-là contraint ce sentiment au silence, depuis le haut de la côte du chemin que je dévale à toute berzingue, le chemin appelé chemin des Côtes, tandis que mes poumons explosent du sentiment nouveau et renversant, le temps d'une échappée fantastique et furieuse, du haut de la côte du chemin susnommé au portail du lieu d'exploration, loin au bout du village, après le village, au bout de mon paysage transpercé de quelques sentiers d'herbes folles et de broussailles.

Peut-être n'est-il pas si tard que cela. Peut-être la nuit n'est-elle pas si noire. À l'heure où j'ai sauté par la fenêtre, j'espérais qu'il était le beau milieu de la nuit, parce que j'imaginais la fugue plus belle si la maison dormait, que pour raconter, plus tard, je pourrais dire « au beau milieu de la nuit, quand toute la maison dormait », ou « dans le silence d'une maison endormie », mais si j'y pense, j'entends le poste de télé, le son poussé à fond, j'entends tout, tout ce que je ne voudrais pas entendre, ne devrais pas. Dans le pavillon des années 1980, il n'y a jamais rien eu de silencieux, mais les briques creuses retiennent ce que je ne peux pas raconter au dehors, au dehors qui ne sait pas écouter.

Il faut passer la croix au sommet de la crête, laisser sur sa gauche le chemin qui s'enfonce dans les bois, et quelques mètres plus bas, en face du court de tennis, s'enclenche le sentier qui mène à ma terre promise. Le court de tennis est un terre-plein creusé dans la pente de la colline, cerné par les sapins que l'on maintient autant que possible à distance, un terre-plein de terre rouge comme à Roland-Garros d'accord, mais au travers duquel pousse tout ce qui peut pousser, entouré de hautes grilles qui penchent sous le vent. La route fond ensuite, abrupte, le long de la colline, par une pente sinueuse qui se noie dans une forêt comme en portent les contreforts du Massif central, et je dis la route mais il s'agit d'un chemin, devenu une route goudronnée jusqu'au court de tennis lorsque les riches Lyonnais ont commencé à faire défricher pour construire. Après, c'est la forêt, et la forêt on ne la goudronne pas, non qu'on ne veuille pas détruire les arbres – les lotisseurs n'ont pas hésité, les troncs s'entassent dans les prés – mais parce qu'on la craint. Un jour, des années avant, mon frère a fait une fugue, il voulait plonger dans la forêt, mais il a été rattrapé juste avant.

On dit toujours : « Arrête-toi avant la forêt. »

Pour poursuivre mon chemin, je dois marcher un peu à vue à travers les champs de la clairière, longer les barbelés des anciens prés aux vaches, puis retrouver les marques du sentier dont Lucinde et moi avons balisé le départ en journée avec des papiers de couleur collés au bâton de colle UHU contre les écorces des arbres. Je n'ai pas encore la phobie de la terre ni celle des tiques qui livrent à la chair le poison paralysant, et sans avoir à porter ces peurs c'est plus facile pour courir à travers les herbes épineuses, je suis vite arrivée.

Dans les herbes hautes, Lucinde m'attend déjà, bermuda beige et débardeur blanc, jambes rougies par les piqûres d'ortie et sandales de sport. Nous n'avons pas froid. La nuit est odorante. La nuit est une amie qui élargit mon monde. J'aime comme elle vient, matière, se coller à ma peau ; j'aime comme elle vient, caresse, se muer en sueur et dégouliner froide contre mon corps chaud ; la nuit est désaltérante.

J'ai sur moi tout le matériel du parfait aventurier, ou du parfait voleur, pinces coupantes, petite scie égoïne, boussole, marteau, tournevis, boîte de pansements, une clef à molette, des cordes et des sangles, de la glu à rustine dans l'idée précise et anticipée de réparer la chaîne du cadenas, s'il y en a une et qu'il faut la scier ; ne pas laisser de traces derrière nous. Je suis si fière de posséder tous ces objets, tout cet arsenal, j'ai l'arc de Robin des Bois, le glaive des pirates, je suis armée et forte. Je suis fière de connaître le nom de tous ces outils, j'ai l'impression d'être un homme. Je suis forte et l'amie n'est que mon assistante, je suis Arsène Lupin ou bien Hercule Poirot, il n'y a pas de place pour deux héroïnes.

Nous n'avons finalement eu besoin de rien, d'aucun outil, car en tournant la poignée, le portail s'est ouvert assez pour laisser nos corps de gamines se glisser à l'intérieur du cimetière abandonné, une fois les orties piétinées et quelques branchages arrachés à la main. Je ne crains pas encore que la rouille déverse des paillettes de bactéries sous ma peau jusqu'à tétaniser mes muscles et mes tendons, je pousse la grille. Je suis puissante, je pénètre dans un territoire inexploré, insoupçonné, et c'est comme si j'étais seule, enfin, avec mes disparues.

Devant nous, il y a l'obscurité du soir et puis celle plus profonde de la nuit, la nuit qui vient sans nous surprendre, qui se propage, tranquille, portée comme la matière-peinture qui se répand par filaments jusqu'aux bords du verre quand on plonge le pinceau dans l'eau. La nuit n'est pas perverse, ne cherche pas à mentir, sereine, elle nous laisse le temps de nous habituer à elle, ne nous prend pas en traître, l'opacité se fait par souffles successifs.

Le portail du cimetière ne marque plus le seuil d'un espace protégé, entretenu ou visité, l'impressionnant portail en fer forgé est de ceux que l'on trouve devant les belles maisons, celles qui ont des allées, pas les pavillons des années 1980 en briques creuses et Placo, un portail de ceux qui annoncent les maisons de famille, les maisons à histoires, les maisons à lierre qui pousse sur les persiennes, les maisons marquises-au-dessus-du-perron, cadres en laiton sur les marbres des cheminées et derrière le verre des papiers photo gros grain avec personnages à chapeau, maisons à grands-parents qui ont voyagé, à tantes vêtues de belles robes, à bibliothèques chargées, à gravures de Redouté encadrées d'or, à herbiers qui ont pris l'odeur du cuir des albums dans lesquels ils se désagrègent, à vitres sablées qui brouillent le jardin, des maisons qui appartiennent, qui tiennent. C'est un portail de ce genre de maisons que nous avons poussé, le portail du cimetière disait que nous entrions dans une maison précieuse, un portail fait de volutes tarabiscotées et de pics comme ceux qui protègent les châteaux, aussi beau, aussi imposant, mais noir, noir de la rouille et de la nuit semées là par les décennies sans passage.

Le cimetière avait dû être une sorte de pré à l'écart du village, le cimetière réservé aux sœurs et aux orphelines est véritablement hors du monde, dans les champs, difficile d'accès, caché, réservé aux explorateurs ou aux initiés.

Nous marchons au milieu des fourrés, au milieu des herbes plus hautes que nous, en dessous des peupliers qui renforcent la nuit, la terre retournée par les racines des arbres qui renaissent d'eux-mêmes, chaque année, et se propagent jusqu'aux murs tombés sous les forces émergentes des sous-sols, au centre une immense croix de pierre et tout autour, formant des rondes immobiles, des croix en métal, des dizaines de croix qui jaillissent depuis les ruisseaux noirs des ronces, soulevées par la terre qui, comme une mer figée en pleine tempête, déverse les cercueils de bois devant nos pieds, c'est un paysage halluciné, comme nulle part ailleurs la terre ne doit en porter, un espace figé et brutal, la terre ramène jusqu'au seuil des vivants les corps des filles, et ça sent la mort à plein nez, l'odeur des corps privés de vie, quelque chose entre les sous-bois qui sentent toujours l'automne et les chairs pourries, je jure que j'ai senti leur chair, que j'ai entendu craquer les bois humides des boîtes en bois, comme on entend travailler le bois des navires pris dans les glaces, ou le bois des parquets parce que les maisons bougent, on dit la maison travaille, dans les vieilles maisons on entend les maisons travailler et ça fait craquer les bois, je le jure, je le jure sur le corps de la Vierge étendue au sanctuaire où je vais vagabonder en secret après l'école, le sanctuaire aux statues couchées contre le carrelage de leur chapelle, peut-être n'ont-elles jamais été scellées, peut-être ne se sont-elles jamais tenues debout, c'est plein de statues les yeux ouverts face au plafond, de corps de plâtres gisants, de figures dormantes, je les enjambe en prenant garde de ne pas les blesser, je jure sur la Vierge étendue, avec son manteau encore étoilé et bleu par endroits, j'ai voulu le repeindre à la gouache pour le soigner mais la gouache ne tient pas, j'entends ici quelque chose que je n'ai jamais entendu ni avant, ni ailleurs, ce que j'entends, c'est que les filles sont là. Je les ai trouvées.

Nous lisons sur chaque cœur de métal, au sol ou encore accroché à sa croix, le nom de celles que l'on a mises en terre ici. Elles ont notre âge pour la plupart, elles sont tant à avoir notre âge, elles sont plus nombreuses encore que je ne l'aurais cru, elles s'appellent toutes pareil, toutes Marie suivi d'un autre prénom, Marie ou sœur Marie, si nombreuses les filles abandonnées à qui plus personne n'a rendu visite depuis si longtemps. Les corps ont dû être alignés avant d'être rejetés par la terre, alignés comme le sont les lits dans les dortoirs, et je me demande si on les a couchées dans le même ordre, si ici c'était comme à l'orphelinat, première arrivée première servie, *je prends le lit près de la fenêtre, on changera l'année prochaine quand on passera dans le dortoir des grandes.*

Je ne sais pas comment nous avons su la route, nous l'avons sue, ma nuit savait ce qu'elle avait à faire, j'ai eu ce sentiment-là, la nuit savait, plus elle répandait son encre dans le jour, plus elle m'enveloppait, je croyais à cet obscur-là, à cette magie-là, j'avais rendez-vous. Je n'oublie pas que je porte un nom qui chante un lointain meurtrier, un nom de grande tueuse et je baisse la tête en quittant le domaine délaissé de mes mortes oubliées.

Plus tard, bien après la première nuit au portail qui s'est ouvert sans outil, je viendrai planter dans le champ des orphelines de petits morceaux de verre, des tessons collectés çà et là, gardés dans les poches du manteau, puis peints, précautionneusement, avec des couleurs vives, de la peinture vitrail diluée au white-spirit, travaillée sur le bureau de la chambre, des peintures compactes, sur les verres teintés indécelable tant que la lumière ne vient pas les traverser, sur des morceaux d'ampoules, des ampoules entières qui ne fonctionnent plus ou des éclats de bouteilles, sur une vitre brisée et extraite de son cadre, morcelée en frappant à l'aide d'un caillou, je déposerai des étendues de couleur, en cernerai les contours avec un filet de relief noir qui gonfle jusqu'à ressembler à du plomb. J'enroulerai tout autour de mes fragments du fil de fer, les doigts suintants de la matière épaisse qui met tant de temps à sécher, l'odeur indélogeable, je fabriquerai des tiges à mes fleurs bricolées, et je viendrai les planter, dispersées dans la terre. Il faudra attendre que le soleil vienne transpercer mes pampilles et éparpiller grâce à elles la couleur, éclabousser le lieu d'un bouquet de taches vibrantes comme la surface d'une mer, vienne activer le dispositif à sacré dans mon oratoire à ciel ouvert.

Il est des aventuriers qui doivent rejoindre les pôles pour explorer des territoires nouveaux, les extrémités du monde connu, moi, je n'ai qu'à passer le pré du bas, me laisser érafler toujours au même barbelé, je suis la grande exploratrice, j'ai retrouvé les filles ; je me garde bien de le dire, je garde le lieu pour moi, c'est vaniteux mais je sais mieux l'aimer que les autres mon champ béni, je sais mieux écouter, entendre, aimer, aimer les filles, aimer le mont Luciole jusqu'à l'explosion de mon cœur et de mes poumons que je pousse à bout de toute force dans chacune de mes courses pour rejoindre le cimetière merveilleux.

Je garde le secret. Que ce soit un secret le rend plus précieux encore. Je cours sur le sentier, l'été, dans les flaques des fleurs de pommier, dans les neiges épaisses, et l'automne, ma préférée, la saison de toutes les odeurs, celles qui tiennent et celles qui meurent, je cours, je ris dans mes essoufflements d'avoir un secret si superbe et de savoir tenir autant ma langue, de ma vie d'aventurière si éloignée de celle de l'écolière sage que je suis, à peine si on remarque le sourire s'attardant sur mes lèvres.

Au début, nous étions deux à partager le secret, nous avions découvert Lucinde et moi le champ des filles mortes d'Espagne, nous l'avions exploré ensemble, il fallait bien être deux pour avoir assez de courage le premier soir de notre singulière trouvaille. Nous avons enlevé toutes les deux les branches du portail, replacé toutes les deux les broussailles pour faire comme si personne n'était venu ; sans Lucinde, jamais je n'aurais connu cette route, jamais je ne l'aurais trouvée, je n'aurais pas osé, les herbes étaient si hautes, il fallait s'y lancer comme on se jetterait dans la mer sans voir le rivage, et parce qu'elle m'attendait de l'autre côté, parce qu'elle m'appelait, j'ai pu, sans savoir nager, me lancer dans ce bain d'inconnu, dans l'aventure du sûrement pas permis, dans une liberté jamais encore osée.

Nous nous sommes retrouvées quelquefois au cimetière des sœurs, nous avons appris le mensonge, nous disions « on va nourrir les chevaux », ou « on va jouer à la rivière », et nous partions retrouver le lieu abandonné, en inventant d'amples détours dans des itinéraires sans cesse renouvelés, afin de brouiller nos pistes.

Nos escapades gardent le goût de la gourde en plastique qui donnait à l'eau du robinet un goût de pétrole chaud, on pouvait le sentir à peine dézippé le sac à dos fluo qui sentait bien pareil. Ma liberté a ce goût de pétrole et de madeleines fourrées à l'abricot, avalées par dizaines, l'appétit gonflé par nos courses et le grand air, les Coquelines de LU à l'abricot, toutes molles, emballées par quatre dans des tubes en plastique souple, de l'abricot qui sentait les stabilisants et le sirop de glucose. On les gobait comme des bonbons, elles adhéraient à nos mains pas lavées, les mains passées par les encolures suantes des chevaux dans le pré du bas, collantes du miel sucé à même les fleurs des trèfles violets, poussiéreuses des inflorescences que nous poussions le long des tiges de graminées pour créer de minuscules fontaines qui se disséminaient sur les herbes écrasées par nos Pataugas montantes.

Nous ne prenions pas notre goûter au milieu des tombes. À l'extérieur, il y avait, appuyé contre le mur, arrimé au mur qui lui-même ne tenait pas tellement, un abri, nous l'appelions cabane, en bois vert, évidemment écaillé, qui sentait la vieille peinture au plomb. À l'époque je n'avais jamais vu d'Abribus – il ne passait pas de bus – mais quand j'en ai vu un la première fois, j'ai repensé à la cabane verte qui sentait le plomb, la cabine posée sur une crête entre champs en jachère ou à foin et une forêt trop dense, l'abri à attendre un bus qui ne passera pas. Nous nous asseyions chacune sur l'un des bancs qui se faisaient face, entourées par les parois en treille, les quadrillages ouvragés, ravissants, qui avaient pour nous l'allure d'un genre de kiosque à musique dans un jardin châtelain, l'ouverture arrondie se prolongeait en une sorte de marquise, une arche tressée en débord, et à travers tout cela les troncs des épineux, des tiges coupantes qui traversaient dans tous les sens entre nous, autour desquelles nous manœuvrions pour venir nous installer aussi tranquillement que les orties nous laissaient le faire, contorsionnées à la manière des assistantes de magiciens dans les boîtes transpercées d'épées.

Des sessions de jardinage et de nettoyage se sont enchaînées pour faire de la cabane un abri praticable ; il y avait une vieille pelle trouvée là, et sur son manche, nous avions, à l'aide de la poussière de mines de crayons à papier broyées et capturées par du Scotch – technique trouvée dans un formidable *Astrapi* ou *J'aime lire* –, récolté les potentielles empreintes digitales qui se trouvaient dessus. Les précieux indices avaient été ensuite déposés dans des enveloppes scellées à la cire, conservés dans l'attente de pouvoir être analysés par les instances compétentes : la dernière personne qui s'est servie de cette pelle doit être celle qui a enterré la dernière orpheline – mais si toutes les orphelines sont mortes d'un coup, qui les a enterrées, qui a enterré la dernière ? Il faut de la force pour creuser la terre du mont Luciole, à deux nous n'arrivions pas toujours à venir à bout des racines de nos ronces, nous capitulions parfois et nous les sciions, juste à leur affleurement.

Depuis la terre du cimetière qui déforme le mur qui déforme la structure de notre cabane montent des odeurs impossibles, de terre pourrie, de corps, une odeur de mort amplifiée par la pluie, par l'orage. Après un moment que nous sommes assises là, les odeurs se calment, nous mangeons à pleine bouche nos madeleines au glycérol arrosées d'eau saveur chimie, savourons notre merveilleux goûter d'exploratrices, nous sommes Eberhardt ou Bird, puis il faut repartir. Nous redressons les herbes, redisposons des branches au sol, secouons la neige ou entrelaçons des tiges dociles au portail pour gommer notre passage.

Ensuite, je suis revenue seule. Jamais je ne me suis lassée de ma visite aux fantômes.

Mille fois je viens, m'allonge sous les arches des ronces et laisse le monde faire sa course, le laisse faire ses tours de soleil ou le soleil faire son tour de nous, on nous dit un tour s'appelle une révolution, on nous dit la guerre peut être une révolution ou la révolution devenir une guerre, mille fois je viens sous les ronces songer à cela, à ce qui nous gouverne et qui est invisible, qui me gouverne moi, le besoin de venir là, observer ce que les jours font à mon corps, ce que les jours laissent naître et fleurir en moi, creusent comme absences et promesses, observer les échos du travail de ces jours au plus profond de ce qui est moi et me fait, sans pour autant pouvoir mieux en saisir les contours. Je viens songer à ce que ces révolutions implacables et toutes puissantes font à la forêt des orphelines, font aux ronces dont je peux percevoir la pousse, aux racines dont je sens la force tranquille et violente dans le sol déformé en multiples terrils, dans la croûte terrestre ; on dit croûte, comme on le dit d'une blessure cicatrisée pour laquelle nos corps ont recréé trop de peau afin de remplacer la peau manquante, de remplacer la parcelle abolie.

Je viens songer aux étranges blessures que nous infligeons aux sols avec nos plantations de morts, pour cultiver des espaces où penser à ceux qui sont en dessous ; je suis à bord du vaisseau gigantesque que l'on ne voit pas se mouvoir, dont on ne comprend même pas qu'il se meut, dans la course vers une dernière révolution, celle du disparaître, le tourbillon impalpable. On nous dit la révolution, c'est le grand retournement, comme le carnaval et ses charivaris, sur la terre les vivants et sous la terre nos morts ; allongée à la surface du pré des petites filles, je m'imagine renverser le sablier, morts flottants au ciel et nous embourbés jusqu'au cou. On m'a dit aussi que nous allions au ciel, quel renversement, sous les arches piquantes je joue à retourner le monde en rêve, j'essaie d'écouter dans mon corps la course universelle, de saisir des infimes indices de sa gravitation, de retenir les mots appris les jours précédents, les mots qui nous mettent en mouvement malgré nous, toujours la peur d'oublier les mots, de ne pas les avoir compris ; je m'écoute les dire pour les graver. *Révolution*, *ellipse*, *guerre*, je dis des mots qui sont là depuis mille ans, les orphelines ont bien dû les entendre, je fais attention à ne pas prononcer *minitel* ou *autoroute*, je tente de trouver tout ce que nous pouvons avoir en commun pour dialoguer, m'oblige à retenir des phrases immuables tirées des missels abandonnés sur l'étagère de la salle commune, dans la ferme où nous déjeunons le midi, où la propriétaire nous reçoit avec sa blouse à fleurs, de la macédoine de légumes et des lapins égorgés pour nous le matin. Sous le chapit de la ferme, ils ne sont pas là pour être aimés. Nous ouvrons régulièrement leurs cages mais ils ne se sauvent pas, il faut les prendre, bien coincés entre les deux mains et courir jusqu'à la barrière de barbelés pour les jeter dans le pré aux vaches ; ils restent plantés là, hagards, on leur lance des cailloux, qu'ils se décident enfin à fuir. Les poulets ne nous font pas le même effet ; la caresse à la peau douce du lapin, c'est une caresse réconfortante contre sa fourrure tendre, c'est pareil pour le veau et son museau brûlant, mais il faut traverser la grange, on ressort avec du fumier plein les semelles, on met du temps à frotter ses chaussures dans l'herbe pour enlever toute la matière collée.

Dans la salle commune, je fais semblant d'observer les cages à lapins depuis la fenêtre à côté de l'étagère à missels pour apprendre discrètement les incantations imprimées dedans, je pique quelques formules pour inventer mes sortilèges, je le fais en secret, que personne ne sache que je vais parler aux filles retrouvées, que personne ne me suive jusqu'à mon jardin-aux-mortes, jusqu'à mon île.

Sur les pages des missels il y a de l'ennui, du chemin buissonnier, il en tombe régulièrement des fleurs séchées qui ont laissé des traces huileuses sur le papier, ont emporté des mots sur leurs corps-pétales, on comprend vite quels mots manquent, toujours les mêmes qui reviennent, *ciel*, *Dieu*, *Vierge*, *grâce*, je les écoute rebondir de ma bouche à ma bouche sous la voûte des arbres du cimetière, l'écho me revient plus léger, ma voix s'est déversée aux petits alentours, les ondes qui font le son se sont dispersées en chemin, ont déposé ma voix sur le paysage aimé.

Je m'allonge dans la terre moelleuse, lui offre mes cheveux pour qu'ils prennent racine, ma peau pour qu'elle s'y dissolve, je m'allonge et je vois par-dessus les toits d'épines le ciel incorrompu, incorruptible, mes cils gobent les pollens, je mémorise le tempo de mes veines apaisées ici comme elles ne savent être apaisées nulle part ailleurs, je suis sûre que la terre à l'endroit de ma sieste régulière prendra la forme de mes formes, retiendra les contours de mon enveloppe de chair, peut-être un jour j'y aurai tellement dormi qu'on pourra percevoir dans les dessins du sol le flou causé par l'inspire-expire de mon souffle, même si ici tout est toujours obscur, obscur mais amical, on peut faire confiance à la nuit qui stagne en plein jour, un couvercle nous protège, me protège, car je reviens désormais seule, suis toujours revenue seule.

Je suis chez moi, je me niche au cœur du territoire des filles et nous entamons elles et moi un dialogue que je suis seule à entendre, je règne sur leur domaine, couronne de mûrier à la mode du Christ dans les cheveux l'hiver, remplacée par des liserons au printemps ; bientôt je porterai sur moi l'odeur du lieu à force d'être là, de ne plus être ailleurs. Je mets mes pieds directement sur le sol, nus sur le sol nu, joue à être médium, deviens médium, supplie le mont Luciole de me laisser devenir celle qui voit, devenir la surface du lac, l'épaisseur indécise entre les mystères engloutis et les mystères satellisés, point de jonction, passage, capable d'entendre les échos des profondeurs et du céleste se répondre, être un peu élue par l'invisible ; certaines sont bien devenues des élues. Ce n'est pas par le sang qu'on le sait ; j'ai déposé une goutte du mien à côté de celui d'une sainte dans un reliquaire en tissu chipé à Morneré, on ne voit pas de différence. Rien de visible.

Dans le domaine de mes filles je piétine les tertres boueux pour espérer que des paroles enfouies reviennent, par mon corps reviennent, leurs voix jusqu'à ma bouche pour que je puisse les dire, je piétine infatigable pour espérer entendre.

L'écho de ma voix est une onde ; dans mes balades en forêt, près de la clairière, je la projette contre la falaise en contrebas et je l'écoute revenir, toutes les particules en moins restées accrochées à la roche, ancrées dans la roche qui les a absorbées, je demande aux échos de m'absorber, que la falaise me prenne et me garde, qu'elle emprisonne un peu de moi. Les orphelines sont peut-être venues ici, alors, comme nous, elles ont joué ; peut-être que la roche, dans ses strates les plus enfouies, porte des particules de leurs voix. La voix vient des poumons, de l'intimité du souffle, ce sont nos vibrations intimes, il suffit de trouver le moyen d'écouter les ondes emprisonnées ; les filles ont été là, sur le mont Luciole où je marche après elles, elles ont été là, les boursouflures du sol à l'endroit de leurs corps le prouvent.

Chez les grands-parents, à Morneré, je prends une aiguille pour gramophone dans la boîte de rechange – il en reste encore quelques-unes, il faut croire que personne ne remplace jamais l'aiguille, qu'elle ne s'use pas, qu'on ne se sert pas assez de lui –, il faut remonter le mécanisme en vissant dans le corps de bois un manche métallique, abaisser le bras qui porte l'aiguille, l'aiguille se glisse dans les sillons de la gomme-laque des disques ; je prends entre mes doigts une aiguille à transmuter la cire en son ; j'essaie d'entendre les mots dits ou chantés ou pensés par les filles dans les reliefs que le paysage nous offre. J'enroule une feuille cartonnée sur elle-même, accroche ce cornet amplificateur à l'extrémité supérieure de l'aiguille, et je fais courir l'aiguille de mon gramophone portatif aux endroits où les voix des filles ont pu se faufiler, j'essaie d'entendre les voix dispersées, le long des murs du vieil orphelinat ; l'orphelinat reste silencieux. L'oreille collée au plus près des façades, je fais courir l'aiguille le long des maisons de la place, avec leur crépi qui s'effrite par-dessus les pierres, le long des stries calcaires, je laisse l'aiguille cavaler sur les écorces, la plonge dans les eaux du ruisseau pour qu'elle capte les ondes liquides, qu'elle surprenne les noyées, lui fais gratter la terre, les parois de la belle maison en pierre blanche, les filles sont-elles venues jusqu'ici ? Les filles ne se laissent pas entendre. Je dessine des cercles dans la terre du cimetière des sœurs, pas de pulsations à saisir. Sorcelin reste silencieux.

Mille fois je viens voir les filles. L'hiver, un ou deux ont passé, je crains l'épaisseur de la neige, le silence que la neige vient étendre comme les semis d'été, je crains la couche supplémentaire entre elles et moi, la strate de plus. La neige efface le sillon de mes pas sur ce qui est devenu un sentier à force de venir ; je connais le chemin yeux fermés, sais à quelle ortie je me pique, à quel endroit du corps quelle branche va venir taper dans ma course, je le sais du cœur, le beau chemin qui mène au royaume des filles où mille fois je viens.

On nous a appelées Marie, elles et moi, depuis cent ans toutes appelées Marie, parce que Marie a sauvé Lyon de la peste, de la grande peste qui aurait pu tout aussi bien nous engloutir, glaçante d'effroi, stagnante comme un marécage au-dessus de nos toits, la grande peur brune, rats, puces, vermines, fièvres, la grande peste qui aurait pu nous recracher en cadavres ; on aurait pu le dire aussi de la grippe d'Espagne, qui a tué mes filles, atteint le pensionnat et épargné le village, mais c'est de la peste dont on parle toujours, c'est elle qui nous fait encore frémir, on l'évoque en chuchotant, ne pas risquer de l'appeler, de la faire revenir, cette peste qui a choisi de nous préserver, qui a elle aussi épargné les habitants de notre village, a fait de nous des miraculés, nous a dédaignés ; nous nous souvenons d'elle chaque année, le 8 décembre, en disposant pour remercier la Vierge des rangées de lumignons colorés sur le bord des fenêtres, en nous brûlant le bout des doigts gelés par le froid des soirs de ces débuts d'hiver.

On ne pense jamais à acheter les allumettes longues en prévision de toute cette mise en flammes des bougies-cierges crénelées approuvées par Fourvière, ce n'est pas faute de se le dire chaque année : « il faudra penser aux allumettes longues », puis on oublie jusqu'au moment de la première brûlure, et le souffle du vent éteint les mèches obstinément avant que l'on ne réussisse à faire glisser les mottes de cire au fond du lumignon en verre épais. Pas n'importe quels lumignons, ceux comme a ma grand-mère, jaunes, rouges, bleus, verts, pailletés, mais peut-être que cet effet de reflets c'est juste l'érosion du temps sur le verre-bougeoir, le pailleté n'est peut-être qu'un enchevêtrement d'éclats sur les parois peintes, des manques dans la peinture. On range trop vite les verres dans la boîte à chaussures, les lendemains ou bien des semaines après par oubli ou par flemme, sans prendre le temps de les emballer dans le papier journal ou le papier de soie qui ne sont plus jamais dépliés ni sortis du fond de ce carton qui a toujours été le même carton. Sûrement que les verres s'entrechoquent, on les range à la va-vite, à la va-comme-je-te-pousse sur la plus haute étagère du placard du couloir d'entrée, à côté du manteau de fourrure que personne ne porte plus, et qui depuis son sac répand quand on ouvre la porte des vapeurs de naphtaline jusque dans la cuisine. À travers la housse on peut voir par transparence, quand on range l'attirail du souvenir de la grande peste qui ne nous a pas engloutis finalement, la vraie tête d'un vison, et ses pattes, et sa queue, l'animal séché enroulé sur lui-même, un tour de cou très chic, ses griffes encore accrochées, racornies, son visage écrasé contre le plastique avec ses yeux en perles de verre, fixes face à nos yeux de chair, en verre noir brillant comme laqué, noirs dans le placard noir mais bien visibles, reflétant l'éclat du lustre du couloir, et un instant, être reflété dans les yeux de verre du vison mort que l'on garde parce que c'est chic, et si c'est chic, c'est précieux.

Ce n'est pas tellement de la peste dont on se souvient, parce que la peste n'est finalement pas venue ; chaque année, on repose la question, pourquoi mettre des bougies sur le bord des fenêtres, sur le bord des fenêtres et pas ailleurs, dehors, pas dedans ? On remercie la Vierge, cela on s'en souvient, la Vierge au centre de tout, la Vierge qui protège Lyon, veille, il faut la remercier, oui mais de quoi, un miracle d'accord, avoir sauvé la ville d'accord, mais de quoi au juste remercions-nous la Vierge dans les villages si loin ? La peste est-elle venue jusqu'ici, nous-a-t-elle menacés ? Il y a plusieurs versions, la vraie histoire c'est__, et chacun dit c'est ceci ou cela ; je ne sais pas ce qu'est réellement la peste, mais je sais la peur qu'il faut avoir dans les yeux lorsque l'on nous dit c'est la peste, cette grande marée des morts, la peste qui tue et se propage, seul un miracle pouvait sauver Lyon, et nous avec.

Nous n'avons plus peur de la peste, on nous apprend que la peste n'existe plus. Ce qui nous fait peur, ce que nous craignons, c'est peut-être plus vraisemblablement l'abandon de la Vierge. Si nous ne sommes pas à la hauteur de son miracle, nous pouvons craindre qu'elle se détourne de nous, de la ville qui la célèbre mal, alors on attire son attention par des prières et des flammes, en appelant les filles Marie, on tente tout ce que l'on peut.

Nous n'avons jamais eu peur de la grippe espagnole. Peut-être ne sommes-nous pas à la hauteur du miracle.

On m'a appelée Marie, moi aussi, mais pas Marie en premier prénom, c'est peut-être pour cela que ça dérapera, que dans quelques années une maladie viendra affecter mes poumons ; peut-être Marie n'a-t-elle pas apprécié que son nom soit glissé en deuxième position sur la fiche d'état civil. On t'a appelée Marie, comme l'arrière-grand-mère, comme toutes les cousines, Marie quand même. Pour que tu portes la trace du sauvetage de la ville jusque dans ton identité.

Je ne vois pas comment Marie serait contente que tout un escadron de filles porte le même nom qu'elle, des centaines de filles sur plusieurs générations, avec toutes ces Marie on se mélange, on ne sait plus à qui l'on s'adresse. Ce n'est pas malin non plus, en cas de problème comment Marie sait-elle qui aider ? À chaque fois que je l'appelle, je crains qu'elle ne me trouve pas, je lui dis bien que je suis celle qui s'appelle comme elle mais en deuxième prénom ; je porte son nom de sauveteuse, sans savoir si je peux en être une moi-même.

On m'a appelée Marie, mais pas Marie en premier prénom, et c'est peut-être bien pour cela que quelque chose viendra se loger dans mes bronches, sur les parois de mes muqueuses respiratoires ; une ombre comme celle qui plane sur le mont Luciole, un grain de sable dans une mécanique qui se mettra à dérailler à mes vingt-cinq ans, presque quinze ans jour pour jour après avoir quitté le territoire des airs à aériums.

Mon premier prénom, celui que je porte, qui a fait atterrir celui de Marie en second, c'est un prénom de seconde main, déjà porté et usé lui aussi, déjà passé par une autre. Je porte le nom d'une lointaine tante qui est partie un jour sans se retourner, mais interdit de parler d'elle ; elle aussi avait pour bagage un sang venu d'Espagne et de l'Espagne, je ne sais presque rien, on ne me raconte pas.

Je vous salue Marie pleine de grâce, pleine de grâces qui sont des bontés, les grâces sont des bontés, ça veut dire je vous salue Marie qui êtes pleine de bien, mais comme personne ne me l'a dit, j'imagine la Vierge qui marche gracieuse et cette grâce est sa beauté, ça veut dire je vous salue Marie, vous et votre beauté, vous qui êtes si belle, si belle que l'on vous prie, que l'on accroche des portraits de vous dans nos maisons, et ailleurs, que l'on vous porte gravée sur des médailles autour de nos cous, contre notre peau, à l'endroit où l'on peut voir frémir nos veines, presque à même nos cœurs. On vous sculpte, on vous dépose enroulée dans de savants drapés sur des colonnes dans les églises, sur les autels. Je vous salue Marie pleine de grâce, le Seigneur est avec vous, le Seigneur est de votre côté, mais il est aussi avec nous quand nous l'attirons dans nos prières. Le Seigneur est-il partout ? Est-ce que ça n'est pas affreusement égoïste d'appeler le Seigneur, quand il se retrouve dispersé en des milliers d'humains qui supplient, est-il moins avec vous ? Espérer dans la prière n'est-ce pas déjà manquer d'humilité, espérer des choses qui ne sont que pour soi, faites qu'untel m'aime, faites qu'il tombe amoureux de moi, je ferai en échange tout ce que vous voudrez. Je n'ose plus prier, vous êtes bénie entre toutes les femmes et Jésus le fruit de vos entrailles est béni. Je vous salue Marie, si belle, vos yeux penchés vers nous, pauvres pêcheurs, maintenant et quand nous serons morts, tous ces humains qui deviennent des morts, qui le sont devenus, je vous salue dans votre temps qui peut voir tous les temps regroupés, où nous ne sommes ni jeunes ni vieux, où tout nous est donné et déjà pris. Je réfléchis à mes fautes, je les dépose à vos pieds, aux miens, vous êtes bénie entre toutes les femmes, j'ai peur que vous deviniez mes pensées derrière mes mots, jusque dans mes silences, que vous saisissiez mes colères. Certaines images ne font pas de moi une meurtrière, mais quand même déjà une pécheresse, je n'arrive pas à ne souhaiter que du bien pour les autres, le rire de la fille du château, les nouvelles constructions qui n'en finissent pas de recouvrir la colline, les gens qui haussent les épaules, le sang des bêtes dans les bassines ou sur les gilets des hommes. Je refuse de savoir pardonner toujours. Il suffit de peu d'images pour devenir une pécheresse. Si peu d'images pour devenir une pécheresse.

On ne comprend pas tout des litanies ou des prières, mais on peut se laisser bercer, dériver comme dériverait un corps de baigneur dans le corps d'une rivière ; les litanies nous bercent de leurs rythmes, nous nous abandonnons à leurs forces, vives ou mollassonnes, même si je trouve étrange et révoltant que l'on puisse me dire : « Accepte de ne pas tout comprendre. »

Le pays est rugueux. Les gens d'ici disent « le pays » pour désigner le village et toutes les terres vides à son lointain. Ils ne disent pas « le pays est rugueux », ils disent « ha on est bien ici », la main posée sur le manche de la pelle, la pelle dans la boue, mais moi je dis « rugueux », le pays est rugueux comme une langue de chat quand il lèche tes doigts qui tendent la nourriture, en plus triste.

Des morceaux détachés des bottes de paille écrasés au sol gelé, le pays c'est si petit, c'est beaucoup de vide et de rien, personne sur la route, personne qui vient, les bruyères aussi hautes que les murs, les blés et les maïs, les chemins entre les champs, les platanes de la cour, les sacs de sel dans les anciens WC publics, le ruisseau qu'il faut passer pour accéder aux bois d'en bas, aller nourrir deux chevaux qu'on retrouvera bientôt sous forme de carcasses abandonnées, les grands frères des copains découverts pendus aux poutres des granges, les hêtres, les bouleaux, les glycines sur la treille rouillée de celle qu'ils appellent la Clothilde, qui a dû toujours être au village, le même pull-over à poil long et la même odeur de cuisine, qui est tellement âgée qu'elle a dû naître avec les premières pierres des premières maisons construites chez nous, même si on ne sait pas bien pourquoi il y a eu des maisons construites ici, et des galets et des galets, des galets ronds en ruisseaux secs. Dans une autre ère géologique les ruisseaux de galets étaient des ruisseaux d'eau, je ramasse les galets pour les peindre, des seaux de galets pour les peindre, pour dessiner dessus, faire quelque chose de toute cette caillasse sur laquelle on se tord les chevilles, je mets des galets partout dans le jardin du pavillon, dans le pavillon, puis je les sème sur les chemins. Dire qu'avant il y avait de l'eau, peut-être des bateaux, peut-être des voyageurs, et maintenant plus rien. Mais si je regarde en plissant les yeux, couchée sous les platanes, les petites pyrales voletantes, en plissant bien, en trouvant le bon angle, je peux croire que des paillettes volent, inondent le ciel de leurs minuscules éclats, des paillettes comme des paillettes d'or, des bijoux flottants, comme lorsque je frotte mon doigt contre les papiers de soie au fond du carton dans lequel année après année on range les lumignons des fenêtres, le doigt constellé de paillettes, bleues, rouges, jaunes, vertes, des éclats du miracle, microscopiques îles survivantes à la surface de ma peau, je mets ma main près de la fenêtre, et je regarde le soleil d'hiver jouer tristement mais jouer quand même avec les écailles de couleur.

Sur les fermières en blouses La Redoute, sur les vieilles femmes du village et leurs bottes pleines de bouse, la fermière de la ferme-cantine au sol si sale qu'on peut le penser en terre, les appentis en tôles rouillées, sur les tas de fumier, les chemins engorgés d'eau et de purin, les mares que j'appelle étangs mais qui ne sont que des mares, le 8 décembre projette ses paillettes d'or, bleu, rouge, jaune, vert, sur le silence enfin de la nuit attendue, tout devient or, nous devenons or. Il n'y a plus rien de vulgaire. Tout est beau.

En grimpant la route du Cri, près du château blanc, nous avons à nos pieds toute la vallée, devenue ces nuits-là flamboyante des minicierges mis aux fenêtres ; nous pouvons nous délecter ici de toutes les lumières des villages environnants dont on ne soupçonne pas même l'existence en plein jour ; Sorcelin est l'endroit sur la terre où le 8 décembre est la plus belle nuit au monde. Le 14 Juillet aussi, il n'y a pas de meilleur endroit où se trouver ; il suffit de grimper par le chemin des Côtes jusqu'au champ du haut de la butte ou de grimper derrière le bois, le spectacle est inimitable, tous ces bouquets de feu au-dessus des villages des collines, de la vallée, on devine ceux lancés depuis la cathédrale de Fourvière, la plaine agit en caisse de résonance, les détonations nous arrivent amplifiées, à devoir s'en boucher les oreilles, on pourrait croire à des tirs de canon, nous exultons. Ces nuits-là de lumière, lumignons crépitants en sourdine ou gerbes aériennes pétaradantes, sont nos précieuses nuits des monts.

Je viens, chaque jour, presque, je viens par le même sentier, j'arrive, il fait si chaud, je baigne mon visage dans ce chaud de l'été, j'ai les bras nus, rougis par les blés trop hauts, leurs clochettes frottent contre ma peau, j'ai les bras nus, rougis par les soleils à travers les branchages, j'arrive, ça sent bon, les blés, le sec, la fin d'après-midi, je viens, les grillons chantent, *tchi tchi tchi*, sers-t'en de tempo pour ton propre chant, je fredonne, quoi, n'importe quoi qui vient, ça résonne, au loin la chouette hulule, dis-moi que je peux entendre les loups si je le veux, je n'ai qu'à fermer les yeux, je suis la forêt, je suis le sentier qui mène au bout des territoires connus, je suis le chemin des filles, *tchi tchi tchi*, le bruit des arrosages automatiques des champs, la bouse, le foin, j'aime tout, je cavale, au sol les ombres, au ciel la lumière, l'inverse, je viens, j'habite un mont plein de merveilleux mystères.

L'été, tu les vois les lucioles sur la terrasse, sous les lauriers, quelqu'un a donné ce nom à ma colline, ce n'est pas pour rien, les monts autour n'ont pas de nom mais moi j'habite le mont Luciole. Les lucioles n'ont pas de poumons, elles respirent pourtant, se rassasient quand même, les échanges se font, dioxygène contre dioxyde, les lucioles ne font pas de l'électricité mais tout comme, les lucioles sont magiques et on a donné un nom magique à ma terre. L'enzyme du miracle lumineux s'appelle la luciférine, je suis un peu ennuyée que l'on soit allé chercher un nom si diabolique pour nommer le prodige chimique. Qu'importe ; il dit bien notre lieu choisi pour être hanté, et je l'aime cet obscur. Quand vient la nuit, observe ma colline, tu verras forcément les lucioles briller, nous les attrapons dans nos paumes, les reposons au pied des lauriers verts.

Ce soir, je galope sur ma terre, les pavés autobloquants de la côte du chemin des Côtes, la pente qui entraîne tant, ça sent les rocailles, à droite le jeu de boules de l'ancien hôtel effondré sur lui-même, interdiction d'aller jouer les curieux dans le gouffre ouvert comme un puits, les cerisiers aux troncs noueux, leurs fleurs au sol, flaques roses et blanches, les abeilles, les moucherons, j'approche, les prés avec rien dessus, que de l'herbe, des palettes de parpaings que je ne regarde pas, l'odeur grasse de l'herbe, la broussaille, la masse des sapins à gauche, la ferme devant laquelle je passe toujours en courant, je ne sais pas ce que j'y crains, la croix au bord du bois, des barrières de déviation pour les autos, j'approche, la descente vers le ventre vert de la forêt, à gauche le terrain de tennis, être en nage, le frisson que le vent déclenche au contact des gouttes de sueur, je cours, l'arbre pour bifurquer, l'odeur des blés, les épis qui s'accrochent aux cheveux et au tissu des vêtements, la soif, l'écorce du chêne, l'épaisseur de sa souche, sa largeur, sa densité, prendre à gauche après l'arbre aux feuilles dentelées, c'est la course journalière, toutes jambes dehors, tout souffle souverain, c'est la balade empressée, la fugue heureuse, aller parler aux filles endormies dans leur jardin oublié, les laisser me parler, partager un étrange dialogue par ma voix qui s'amuse à en devenir des centaines.

J'arrive, je dévale à toutes jambes le chemin des Côtes, ce chemin le long duquel il n'y a qu'une seule côte et c'est donc un grand mystère de plus – allez comprendre pourquoi ceux d'ici ont, à l'usage, préféré remplacer le nom initial du lieu par ce chemin des Côtes qui ne dit rien du paysage qui le tient, alors que sur le cadastre de l'époque révolutionnaire, lorsque Sorcelin avait été renommé Les Bruyères, à l'endroit du chemin des Côtes est écrit *lieu-dit Pierre Sarment*. Lieu-dit, c'est comme raconter une légende, ça en est l'incipit – « un jour, au lieu-dit Pierre Sarment » –, personne ne sait dire qui est cet homme qui a laissé son nom à notre bout de terre, mais au lieu-dit il y a forcément des loups et des forêts profondes, et c'est un peu cela le chemin des Côtes qui n'a qu'une côte et que je dévale le plus vite que je peux.

Je reste jusqu'au soir au cimetière, et quand tombe le noir, je déroule ma bobine de fil électrique, celle que j'ai volée discrètement au sous-sol puis planquée dans les millepertuis, je déroule des mètres et des mètres de ma bobine de fil vert, je grimpe de tertre en tertre, je sais que le métal est conducteur, que le monde est plein de corps conducteurs, que nous sommes nous-mêmes des corps conducteurs, j'accroche mon fil de tombe en tombe, par-dessus les branches, par-dessous les branches, en spirale autour des croix. Je vois mal dans l'obscurité pour effectuer mon branchement. J'extrais de ma lampe de poche la grosse pile qui va déverser son courant dans ma bobine de fil, celle dont je vais multiplier la portée, comme les pains ont été multipliés.

À intervalles réguliers, je coupe le fil avec ma pince d'électricien, j'installe une ampoule à filament, en enroulant le fil autour et en dessous du culot à vis, en respectant le trajet électrique, les plus vers les moins, puis les moins vers les plus, car l'électricité est un courant comme l'onde sur l'eau. Je plante une quinzaine d'ampoules à travers le cimetière, je branche la pile à languettes à mon circuit fermé comme peut l'être une ronde, voilà que mes ampoules s'éclairent, et je fais circuler parmi les orphelines endormies un fluide qu'elles n'ont jamais connu de leur vivant, c'est comme dans une cathédrale ou bien comme au château de Versailles, nous baignons dans la lumière, les filles et moi.

Il faut partir, je cache la pile derrière une croix. J'espère que rien n'aura le temps de l'oxyder avant que je revienne, que l'électrolyte ne déversera pas sa substance corrosive, ses vapeurs toxiques dans le pré, le miracle de la pile suppose un danger que j'ai du mal à ne pas craindre, je vérifie avant de partir qu'elle est encore opérationnelle, ma langue tressaille contre la lamelle. Nous aurons dorénavant l'électricité dans notre champ.

J'aurais pu m'appeler comme le chemin du haut duquel je dévale à toutes jambes la côte pavée, ou mieux, porter le nom de mon quartier, Sarment, ça en aurait jeté. J'aurais pu moi aussi être inscrite sur les cartes de mon village, être pré, forêt, étang, ruisseau, mon nom estampillé aux endroits où se posent nos pieds, où les bâtis se dressent ou s'écroulent, et avec un peu de chance, j'aurais même pu naître Enjoleras, je serais devenue le nom du lieu le plus envié du coin, j'aurais habité au château, eu un port de reine et de jolis chignons, mais je porte un nom étranger, inscrit nulle part sur les chemins d'ici, détaché d'ici, qui ne dit rien de Sorcelin.

Quand je serai adulte, je prendrai le nom de ma terre pour devenir ma terre, m'appeler Marie des Bruyères, m'anoblir, devenir de Sarment, du mont Luciole. Je voudrais être née de cette argile qui adhère à mes semelles, de la boue, de la neige, des pollens répandus sur les chemins ; je suis de cette terre dans laquelle reposent les filles, je suis de leur chair dispersée, de leur mémoire dissoute jusqu'au néant. Je suis chacune des Marie venues ici, passées là, je me malaxe pour me donner forme. J'ai passé mon enfance à bercer les Marie disparues, regardez bien mes bras, musclés de leurs empreintes, regardez mieux à travers ma peau si fine que trois fois rien la blesse, que chaque ronce marque. J'ai avalé tous les fantômes que personne n'entendait. Je m'appelle Marie, comme toutes les Marie oubliées, donnez-moi le nom de mon lieu, Marie du chemin qui plonge, Marie de la croisée des bois, je décide de naître d'ici, naître du pisé dont je chéris l'odeur, je suis Marie des blés, je me nomme moi-même pour que personne ne choisisse pour moi, je deviens mon paysage, on ne pourra plus dire que je ne suis pas d'ici. La colline et moi nous nous appartenons, ce sont des noces d'amour, des épousailles hybrides entre le sol et moi dessus, entre mes songes et les sentiers, le poids des fantômes sur mon âme et le grand ciel dans les saules ; ce sont des noces pleines de serments, et je promets à Marie de la maison en pisé que je ne laisserai personne déposer sur moi une ombre semblable à celle que l'on a déposée dans ses yeux, semblable à celle que son regard a porté après son séjour à la mer, la mer qui n'était qu'un lac, je promets que personne ne me mettra plus à la porte d'aucun château, qu'un jour enfin, nous serons reines régnantes sur nos lieux, entièrement d'ici.

En haut de l'unique côte du si mal nommé chemin des Côtes, un large châtaignier en marque la fin, comme planté ici depuis et pour toujours, pour toujours jusqu'à ce que, comme d'autres arbres au même moment, il soit déraciné et débité en tronçons à brûler, ôté pour laisser passer une rue goudronnée, quand la côte sera devenue le chemin en bitume de l'un des nombreux nouveaux lotissements à grosses maisons roses et similaires, dotées de larges buttes pour compenser la pente naturelle du mont. Ça avance. Les camions-toupies s'embourbent mais on pose des planches sur les ornières et ils réussiront à passer.

Pour quelque temps encore, le châtaignier tient, ce qui est là est là, ce qui se tient ici se tient. Mon châtaignier a l'aplomb tranquille, le monde autour avec. Ses branches déployées dodelinent placides au vent ; assise sur le rebord extérieur de la fenêtre de la chambre du pavillon, je le regarde, je suis sereine, j'entends les souffles apaisants et guérisseurs bruisser, comme ailleurs d'autres écoutent les ressacs de l'eau, contentés, ou bien consolés.

Tout le long de l'automne, des bogues remplies de marrons viennent consteller la base du tronc où, souvent, je viens m'adosser pour rêver. On m'a dit : « Ton arrière-grand-mère Marie venait là, rêver à l'ombre du châtaignier » ; je viens aussi, je viens songer à elle, mettre mes rêves dans les siens, essayer, mon dos à l'endroit où son dos faisait contact avec l'écorce.

Au moment de la guerre de 14, quand tous les hommes sont partis au front, Marie avait presque trente ans, « déjà trente ans », racontait-elle à ses petits-enfants, qui me racontent à leur tour. Dans le village, avant même que la guerre ne les réduise à une dizaine de lignes sur une pierre commune adossée à l'église, il n'y a jamais eu beaucoup d'hommes, on n'en voyait pas beaucoup. Le frère séminariste à Lyon ramène des copains séminaristes qui parlent Dieu et messes, des copains qui, le dimanche, en train puis en vélo, viennent profiter de l'air réputé plus sain ici qu'ailleurs, le temps d'un repas à la table des parents, dans la grande salle conçue pour le métier à velours de soie, un repas partagé puis s'en vont, sans avoir semé la moindre envie, sans avoir laissé le moindre espoir. Déjà trente ans, se disait-elle ; avant la guerre, il ne se passait déjà pas grand-chose, mais depuis, l'atelier se traîne au ralenti, plus de matières premières, peu de commandes, tout est noyé dans un temps engourdi, dans l'attente, que raconter d'un temps qui passe vide, que dire de tout ce vide, de toute cette absence, de cette langueur face à l'envie de vivre, cet ennui dont le poids engraisse les journées. Il y a bien eu le lac, le voyage jusqu'au lac, sa surface-bijou-topaze, le soleil en plein, les rues peuplées de femmes à chapeaux, la beauté, et en fond de gorge, la salive saveur âpre, ne pas appartenir à cette légèreté-là ; elle avait vu quand même.

Marie savait désormais le monde un peu plus vaste que les abords du village de Sorcelin, mais depuis que la guerre s'était installée, les frontières semblaient s'être figées pour elle, les enthousiasmes réduits au silence ; le grand silence que la guerre a déposé en venant déploie ses ailes par-dessus les humains, percé parfois de quelques bistanclaques pour du linge simple, ou du bruit que font en travaillant dans les champs les femmes et les vieillards, parce que les saisons passent, il faut bien récolter, la vie continue pour ceux qui sont là, continuera après malgré tout ce qu'on n'a pas voulu voir, les cernes noirs aux yeux des soldats revenus, tout ce qu'on n'a jamais voulu savoir des tranchées, des rangées de gosses couchés loin d'ici. On a reçu des insignes dans des enveloppes officielles, des croix de guerre au bout de rubans que personne ne portera jamais, on a inscrit dans la solennité de la salle de la mairie une suite de noms dans l'épais registre, suivi de certaines mentions récurrentes, *disparu*, *tombé au combat*, *enterré au cimetière militaire*, *médaillé de guerre* ; ceux qui rentraient gardaient le silence, ceux qui le pouvaient ont repris la place qu'ils avaient avant, et tout s'est poursuivi, avec les manques, les absents, avec l'hébétude ou la colère des uns, la volonté d'oublier des autres, le désir de passer à autre chose, de laisser une couche sédimentaire se déposer sur le début du siècle, de recouvrir l'époque par n'importe quoi d'autre capable de l'anéantir. Alors pour les petites, les filles de l'orphelinat, on n'a pas tellement vu, on n'en a pas tellement parlé. La guerre, la grippe par-dessus, on n'en finissait donc pas avec ce siècle tordu, on avait assez de peine à porter. De l'autre côté de la rue, restées étrangères. Nous avons été pour elles une bien singulière terre d'accueil.

Pour s'abriter sous les branches du châtaignier, pour déposer mon dos à l'endroit où Marie s'adossait avant moi, il faut prendre le temps de nettoyer le sol, épousseter les épines du pied, c'est long, on finit toujours par s'égratigner l'avant-bras ou la jambe lorsque l'on s'assied, c'est le tribut, léger, que demande ce lieu, on l'accepte, on lui offre, cadeau mille fois renouvelé. Je cherche dans l'écorce des messages qu'elle aurait pu laisser ; consciencieusement, je fais le tour des arbres du chemin, on ne trouve pas autant de messages qu'on pourrait l'espérer dans les écorces. Moi, j'ai écrit sur mon châtaignier, à la pointe du compas, j'ai gravé *Albin C. je t'aime pour toujours*, ça m'a pris plusieurs séances de plusieurs heures, des heures volées à ne faire que cela, minutieusement, avec application. Mais je n'ai pas aimé Albin C. pour toujours, j'avais affirmé un mensonge à la terre entière. Je regardais l'arbre depuis la fenêtre de ma chambre, le châtaignier qui n'en finissait pas de mentir, j'étais très ennuyée ; j'ai voulu enlever la promesse dite trop tôt. J'ai essayé de gratter pour faire disparaître ma gravure, laver le tronc avec le côté vert de l'éponge avant de la remettre discrètement au bord de l'évier, le papier de verre est inutile lui aussi contre l'enveloppe trop molle, j'ai finalement dû reprendre le travail, compas à la main, pour barrer tant que possible la phrase incriminée, immortalisée dans la chair du marronnier libre de livrer mes mots aux promeneurs à venir, et malgré la vérité du moment rétablie, l'arbre a gardé la blessure infligée par ma main, et longtemps je m'en suis voulu.

À la fin de la guerre des tranchées, quand on a décidé qu'il était temps, les soldats ont rebroussé les chemins qui les avaient menés sur les théâtres des batailles – on a osé dire théâtre pour dire l'enfer, on a dit théâtre et ça disait bien que certains écrivaient pour les autres, décidaient pour eux, ça disait bien que certains n'avaient rien à décider, qu'ils étaient juste quelque chose qui faisait groupe, des groupes de soldats, de garçons de la campagne dont on avait fait des soldats, des groupes faisaient le chemin à l'inverse, et parmi eux, parmi les garçons de la campagne dont on avait fait des soldats à force d'années passées à l'armée et qui rentraient chez eux, il y avait le soldat des Dardanelles.

À Morneré, dans le couloir de la maison des grands-parents, il y a toujours eu dans l'angle sans lumière près de la porte de la salle de bains, une photographie accrochée dans un cadre ancien, en dessous d'une petite huile sans détails où flotte, contre le papier peint ligné beige et brun, une île Barbe vaporeuse ; une photographie d'un cavalier, un cavalier superbe, il porte un uniforme. J'ai déjà vu des hommes porter des uniformes, dans les *Sissi* d'Ernst Marischka ; ils montent à cheval et côtoient des reines dans des salles de bal surchargées de couleur, ce sont des rois, des généraux ou bien des empereurs.

La photographie est ancienne, râpée, depuis toujours accrochée dans son coin, on ne distingue pas bien, mais elle est là, et l'homme pose sur sa monture ; on me dit « c'est ton arrière-grand-père », le roi sur son cheval, je n'en reviens pas – mais si l'arrière-grand-père est un roi pourquoi ne le sommes-nous pas ? –, « il est aux Dardanelles ». C'est la Première Guerre mondiale, il n'a pas encore épousé Marie.

Les Dardanelles ; le nom revêt un exotisme fabuleux et souvent je me le répète, les Dardanelles, je laisse couler le son pour que le mot et le merveilleux se prolongent, les-Dar-da-nelles, ça peut donc être cela aussi la guerre, aller aux Dardanelles, faire un voyage durant lequel on pose souriant, heureux d'avoir quitté un périmètre jamais quitté avant, voir des pays dont on n'avait pas encore rêvé, dont on n'avait peut-être même jamais entendu le nom.

Le soldat de la photo, celui à l'allure de roi sur un cheval, le cavalier superbe, il revenait d'Orient. Dans un conte nous pourrions l'appeler le héros voyageur : il revenait d'Orient, l'Orient pour nous paré de rêves, dans nos bouches à la langue chargée des *Mille et Une Nuits* ; mais pour lui, l'Orient c'était juste la guerre.

Avant de partir au service militaire, il avait vingt ans, un savoir-faire de charron, déjà maître artisan dans le village tranquille de Morneré. Il revenait sur ses terres à presque trente ans, plus longtemps soldat que charron. Il avait embarqué pour les Dardanelles parce que dans la gestion des troupes il avait été décidé que ça serait comme cela, avait envoyé une carte depuis Marseille, une photo de lui en vareuse, son régiment d'artillerie devait embarquer, il avait écrit rapidement à sa grand-mère, la carte gardée précieusement dans les affaires de celle-ci : *Nous embarquons à midi mais je ne sais pas vers où.* Sans savoir vers où, il avait embarqué pour l'Orient, le premier bateau, revenu avec la croix de guerre, revenu déjà c'était beaucoup, et sur le chemin du retour, parmi les troupes éparses de soldats épuisés, en retournant chez lui, à Mornеré sur la plaine, le soldat des Dardanelles a traversé le village de Sorcelin, a aperçu Marie penchée à sa fenêtre, il lui a suffi de la voir, c'est ce qui est arrivé, ce que l'on m'a raconté, il a vu Marie penchée à sa fenêtre, et le lendemain, au réveil de son premier jour de retour, il est remonté sur la colline et il a demandé sa main.

C'est à Marie et à son soldat d'Orient revenu par la petite route de notre mont que je rêve quand je m'occupe de ramasser les châtaignes de mon châtaignier qui a accueilli tant de fois le dos de Marie et ses songes. Je remplis des sacs entiers de châtaignes, les poches toujours pleines tout l'automne durant. Il faut entailler la peau dure des fruits à l'aide d'un couteau bien pointu avant de les mettre à cuire, le couteau ripe, on se blesse, on essaie de les coincer dans nos mains avec des torchons, éviter qu'ils ne glissent, puis les déposer dans la poêle trouée, pendue tout le reste de l'année dans la cheminée, j'entends le vent par la trappe, ça sent la suie, très vite on a de cette suie sur les mains, il faut mettre le feu en route, les bûches qui n'ont pas assez séché à la chaleur de l'été crépitent, on ajoute des pages de journaux, des bois de cagettes à tomates, des cartons de biscuit, on attise au soufflet, la trappe frappe, les châtaignes mal entrouvertes explosent en éclats dans la pièce, on se brûle les doigts, la langue ; ne plus sentir nos papilles, ouvrir les fruits avec les dents, les bouts des mains noircies ; en profiter pour écouter encore, écouter pour la millième fois l'histoire vraie des Chauffeurs du Lyonnais, ce gang de brigands qui pénétraient la nuit dans les fermes isolées, juste là, qui glissaient les pieds de leurs victimes dans l'âtre pour qu'elles avouent où l'argent se cachait, se laisser gagner avec plaisir par la terreur qui remonte le long du dos, qui donne froid devant la chaleur du feu, et puis le lendemain, la suie, tout ce qu'il reste de la joie est à ramasser à la pelle et au seau. Plus tu passes la balayette plus tu étales la poussière graisseuse, c'est la dernière fois, « l'année prochaine tes châtaignes on les fera au four », je n'écoute pas, je ferme les yeux pour mieux respirer les odeurs charbonneuses, j'essuie discrètement ce qu'il reste au sol avec le dessous de ma chaussette, finie la suie.

Le soldat, redevenu charron en rentrant de l'Orient, restait le dimanche sur la terrasse de la maison en pisé de sa belle famille, dont le terrain courait encore jusqu'au sommet. Sur son fauteuil d'osier, il fumait la pipe, et son silence était le silence de la guerre, de ceux qui ne veulent pas parler, qui préfèrent tirer sur leur pipe, regarder la fumée brune du tabac brun danser depuis leur bouche puis se disperser autour d'eux, la sentir se mêler aux parfums des hortensias et des lilas, les beaux lilas qui poussent comme nulle part ailleurs ou presque sur la colline de Sorcelin ; dans l'odeur humide de l'ombre qui règne là, mon arrière-grand-père gardait le silence pour parler de sa guerre. Et les dimanches passaient ainsi, il pensait à 14, aux amis, à l'ami qui l'avait sauvé lui, le revenu des Dardanelles, de l'autre côté de l'Europe – dire cela, l'autre côté de l'Europe et se souvenir d'y être allé, en ne connaissant ni Paris ni aucune autre capitale, un peu Lyon, Marseille quelques heures, quelques campagnes comme artilleur de montagne, être juste passé et se dire qu'on a connu l'Orient. L'ami l'avait sauvé en lui offrant ses rations de riz et de chocolat, ça avait sauvé l'arrière-grand-père aux Dardanelles, ça l'avait empêché de se vider, d'être un nom rayé de plus sur la liste des soldats dévolus à la campagne d'Orient.

Il y a eu un homme pour en sauver un autre, je ne sais pas son nom, je ne sais pas s'il est revenu, s'il a pu être autre chose qu'un soldat ; il a donné ses rations, s'en est privé, le riz et le chocolat ont calmé les effets de la dysenterie, ont sauvé mon arrière-grand-père, qui a pu revenir. Un jour, j'entends « ça se trouve c'était qu'une chiasse, la chiasse en quelques jours avec du riz ça se calme, en gros il a juste eu la chiasse ». Avoir une descendance, et pour les descendants être là, ça tient parfois juste à une chiasse soignée ou pas, à une question de merde. On préfère le mot dysenterie au mot chiasse, on aimerait que les héros ne chient pas, qu'ils nous montrent seulement qu'ils sont revenus, que nous les pensions intacts, ça nous rassure, nous préserve.

Le soldat d'Orient était revenu avec la croix de guerre, pour manœuvre sous les bombes, et sur le carnet militaire on avait ajouté *sans souci du danger*, comme s'il n'en avait eu que faire, comme s'il ne l'avait pas compris. Mais l'arrière-grand-père avait bien vu, le danger, la guerre, la merde, la peur. Quelle ironie cela aurait-il pu être, faire tout ce trajet, survivre aux bombes, aux fusillades, aux corps à corps, aux baïonnettes, aux plaies infectées, à la soif – longtemps l'armée d'Orient a soif, est sans eau potable, on se force à déglutir à sec, on n'a plus de salive –, survivre aux tranchées et partir pour une chiasse. Bêtement humaine est la merde, animalement humaine, poussière, merde, sang, terre, se vider, se mêler, vivants et morts, les corps se dissolvent dans la terre étrangère, une terre devenue mer sous les frappes des obus, faire des brasses, tenter de rester en surface tandis que les macchabées coulent.

Aux Dardanelles, on n'évacue pas les cadavres, on est coincés trop nombreux dans un trop petit lieu, on verse de la chaux dessus, ça consolide les tranchées, ça crée des parapets, on ne sait plus quoi en faire, des boucliers pour se glisser derrière, on se sert, le casque, la veste, on les pioche, on les vide à la pelle des abris, des allées, poussière, merde, sang, terre, peur, on marche dessus, on mange dessus, on est dedans, dedans la mort, on laisse les corps à l'air, en pleine chaleur se momifier, ça sent fort, l'armée distribue du tabac – du tabac quand on n'a pas d'eau pour boire, pour se laver –, du tabac pour supporter l'odeur, il reste à fumer tant que possible, pour tenir, pour éloigner ; tu ne peux pas raconter ça, que tu as mangé sur les morts, que tu t'es vidé au milieu d'eux, que tu as failli y rester, comme tant d'autres sont restés, si loin, si loin où il y a eu un homme, je ne sais pas son nom, à des centaines de kilomètres de chez lui, de ce qui était chez lui avant, un homme qui s'est défait de ses rations pour sauver un camarade, le camarade a survécu, a pu faire le chemin en sens inverse, sur ce chemin rencontrer une femme qu'il a aimée longtemps, beaucoup, une femme qu'il lui a suffi de voir penchée à sa fenêtre. Il a suffi à la belle Marie d'être penchée à sa fenêtre, Marie, son aimée couturière aux mises si soignées, ses chemisiers blancs qui sentaient la lessive, son cou les décoctions de rose, auprès de laquelle il devenait possible de conjurer les temps de l'Orient.

Une photo prise à l'atelier plus tard, dans les années 1940, montre mon arrière-grand-père dînant avec ses fils et sa femme – il existe moins de photos prises ces années-là, ce n'est plus l'heure des étés paresseux sur la terrasse. Dans le regard du charron, l'inquiétude tient. Ses fils auront bientôt vingt ans, on avait promis, c'était la dernière, on avait repris le cours du temps, on avait fait des enfants, et voilà que pas de miracle, il fallait que leurs enfants après eux, leurs enfants à leur tour connaissent ce qu'on s'était promis d'oublier, ce que c'était que la peur, les copains perdus, les odeurs de merde, de mort, la faim, elle est loin l'époque du roi sur son cheval, et le cheval, tiens, abandonné où, tué où ?

L'arrière-grand-père des Dardanelles reste silencieux, ne parle pas de sa guerre, il se tait et il observe ses souvenirs danser dans la fumée brune du tabac brun, ce tabac que sur toutes les photos, de lui soldat jeune, de lui soldat à cheval, charron quadragénaire, à l'atelier, aux champs, seul, en groupe, dans le salon, père, grand-père, toujours il fume.

Sur la terrasse au goût d'été, on ne pense pas aux orphelines du pensionnat qui pourtant nous assaille de son ombre. On ne pense pas aux mortes de l'autre côté de la rue, on peut dire : « La vie a repris » ; alors, sur la terrasse, il ne faut pas en vouloir aux vivants, ne pas en vouloir à leur chair qui a guéri, à leur corps d'avoir fait le boulot de reconstruction, ne pas s'en vouloir d'être revenu, revenant, pas intact mais vivant, entre la jouissance et la honte, ne pas en vouloir à ceux qui ne sont pas allés, qui n'ont pas vu, à ceux qui peuvent s'allonger, les manches retroussées, sous le cerisier en fleur, sans songer à ce que peuvent être des corps allongés dans des champs, ailleurs, les corps des camarades. Les chemins du retour avaient beau être les chemins des vainqueurs, on n'en menait pas large.

L'ivresse ne pouvait plus être semblable aux ivresses d'avant, il a fallu boire quand même, céder à l'envie des étreintes, à nouveau, dans des lits aux draps propres, poser ses lèvres sur d'autres lèvres, accepter la joie quand elle vient, déformée mais éclose. On a dressé des tables et on a célébré, il a fallu continuer, ne plus regarder les creux que les absents avaient laissés, remettre aux champs les charrues, confronter les odeurs coincées dans les narines à celles des robes neuves, fraîchement lavées, que porte la femme épousée, opposer comme on peut les odeurs indéfectibles et familières des charniers à cet autre côté du monde où jouir des jours peut s'offrir, difficilement, mais s'offrir tout de même.

Alors, qu'il y ait eu des mortes de l'autre côté de la rue, sans personne pour les pleurer, ça a juste fait un peu moins de gens qui pleuraient. On avait perdu des fils, des pères, des amis ; plus de place pour se soucier des filles, à peine croisées, croisées à la va-vite sur un chemin ou sur un autre, toutes semblables dans leur uniforme sage. Il y a tellement à faire au sortir d'une guerre, dresser des monuments, graver des stèles, qui ne guériront rien mais reculeront le moment de l'oubli. Les filles, c'étaient des étrangères, chacun ses morts, on a bien trop à faire ; que les récoltes poussent, les vaches vêlent, que les métiers pour le velours de soie réenclenchent au quotidien leurs mécaniques lourdes, rendent leur rythme à nos pas, qu'on en finisse, qu'à nouveau on puisse chanter notre chanson des blés d'or, comme avant, réunis, sur les chemins par lesquels nous retournerons vendanger, vendanger ou cueillir.

Aujourd'hui encore, quand je demande « et les filles ? », devant moi, on hausse les épaules.

La légende dit : ton arrière-grand-père revenait de la guerre, sur le trajet du retour il a vu Marie à sa fenêtre, le lendemain il a refait le chemin jusqu'à elle et il lui a demandé sa main.

La génération suivante, le fils de Marie et du soldat des Dardanelles travaillait dans l'atelier de charronnage de Morneré, il avait dix-sept ou dix-huit ans, c'était à nouveau la guerre, la Seconde Guerre mondiale. Il a vu passer ma grand-mère devant la fenêtre, elle traversait la place, il l'a aimée dès ce moment-là.

Moi, je me suis promis que celui que j'aimerai, je l'emmènerai sur la colline du mont Luciole, ce sera cela ma déclaration. Nous irons au faux Lourdes, dans le vrai sanctuaire aux statues dormantes, retrouver la Vierge au manteau bleu que j'ai repeint à la gouache, retrouver tout l'attirail à pèlerins prêt à servir. Mieux. C'est lui qui m'offrira de revenir, qui me fera châtelaine. Je me retrouverai en haut du mont Luciole sans m'être rendu compte du trajet. Ce sera comme dans le film de Pagnol, comme dans la scène finale du *Château de ma mère*, je deviendrai propriétaire de la demeure des Enjoleras sans m'être souciée de rien. J'arriverai là sans avoir regardé la route, en passagère, absorbée par des documents administratifs à remplir, par le roman à finir cahotant sur les genoux, par les dessins de la pluie contre la vitre. On m'apportera un café à l'intérieur d'un grand salon blanc dans une demeure vide dont on m'aura offert les clefs, achetée pour devenir un lieu d'exposition, pour servir de décor à un tournage ou de quartier général aux équipes. Adossée au chambranle d'une des grandes portes-fenêtres, je me plaindrai vaguement du mur de brouillard qui cache le parc. Il fait froid, il neige, au dehors les saules n'en finiront pas de danser d'un pas lent. Je me sentirai étrangement bien, au calme.

En renversant quelques gouttes de café dans le hall, face à l'escalier, je verrai dans le parquet blanchi quelques minuscules taches sombres, des paillettes couleur d'automne ; je penserai aux petits corps astraux formés par le mercure sur le sol du garage du pavillon de Sorcelin, avant de reconnaître sur le plancher les constellations de mon sang, glissées depuis mes paumes devant le rire de la fille du château bien des années plus tôt ; je comprendrai que je suis arrivée, enfin châtelaine.

Je percerai un long trou à cheville et je fixerai sur l'un des murs du hall le portrait de Marie. Elle reviendra elle aussi. Nous serons chez nous.

Au sol la terre est retournée, j'arrive, tant de poussière, je ralentis, non, j'accélère, ça sent l'asphalte chaud, au sol des amas de terre, une route sur mon sentier, je cours, non je m'arrête, je me suis trompée de chemin, trois pas en arrière, c'est l'arbre du croisement, à l'arbre fonce à gauche, saute par-dessus les barbelés, enjambe-les et longe le pré, les barbelés sont à terre, j'arrive, j'ai pris à gauche, j'ai enjambé, j'ai longé, j'arrive sur la crête, plus d'arbres, la forêt a renoncé, les troncs sont entassés, sciés, les uns à côté des autres, l'asphalte fume, les engins de chantier bipent, ronflent, l'asphalte est noir comme du charbon, ça sent le chaud du goudron, une bétonnière tourne, la crête est devenue une plaine, une grande place de rien, du goudron et des engins, un boucan d'enfer dans la forêt qui n'est plus. La terre des filles est retournée. Des bennes, des bennes pleines de pierres et de croix en fer, des godets arrachent la terre du sol, ils font quoi ?, ils arrachent les pierres du mur, les lierres, les ronces tirent à elles les mottes de terre humide encore, les godets creusent, une plaine, des bennes remplies, des bennes jaunes, ça fume.

Je reste là, on me crie de ne pas rester là, tout le bruit des engins et des filles qui tombent dans la benne, j'ordonne d'arrêter, on me répète de ne pas rester là, dans le chantier du nouveau lotissement. Mais ils prennent les filles, les arbres, les branches protectrices, ils prennent les murs, les croix, la terre, le sentier, les rhizomes des liserons, je menace, ils vont perdre leur permis d'adulte, ils volent le pré des filles, blessent le paysage, pillent la colline, ils vont être punis, ça ne leur fait ni chaud ni froid, « vous allez perdre votre permis d'adulte ! », je les suis les mollets enfoncés dans la boue, ils font grogner les machines pour me faire peur et j'ai peur.

Le portail du cimetière est peint en beige, effluves de térébenthine, le portail est passé de l'autre côté de la crête, trône au milieu d'un mur de parpaings, des fondations béantes tout autour de moi, les tuiles romaines couleur maisons du sud tranchent sur la toile du décor, le déchirent en stries claires, des amas de parpaings, les buissons dans la benne, les filles plus nulle part sur terre, le rouleau compacteur qui finit de fixer le couvercle de bitume. Je me penche pour prendre dans mes bras toute la terre que je peux prendre, la terre de mon île, déjà mixée et perdue, dissoute. Je ramasse de la terre à mes pieds comme si je ramassais tous les morceaux d'un objet qui viendrait de se briser devant moi, d'exploser, se disperser en mille bris, mais la terre n'a pas de contours à recoller les uns contre les autres ; je récolte mais je n'ai rien pour porter, mes mains sont pleines, je mets de la terre à ma bouche pour, pour quoi, pour inscrire en moi son goût de terre retournée, corrompue, je gratte la surface blessante de terre caillouteuse et froide qui s'incruste sous mes ongles, je gratte pour amener devant moi le plus de matière possible, pouvoir l'emporter, ailleurs, la terre se glisse dans les dessins de la peau, peut-elle s'imprimer, se fixer, rejoindre les cellules à travers les plaies, faire corps, devenir corps ; il me faut imprimer vite dans mon corps ce monde qui s'écroule, je suis la dernière témoin, enraciner avant l'oubli, je suis la dernière témoin, ça veut dire après moi le déluge.

C'est ce que disait le grand-père à l'album photo, « après moi le déluge ». Il pensait que le tombeau le garderait, le plus grand tombeau du cimetière de Morneré, en marbre blanc, avec des grosses jardinières intégrées. Quand il a été glissé dedans, que la trappe de devant a été ouverte pour lui, je me suis approchée pour voir, j'ai appris que ceux déposés avant lui ne gisent pas tranquilles, on les réduit régulièrement, ils sont réduits, c'est cela l'expression consacrée. Chaque décennie on ouvre tout ce qui reste, on met dans des boîtes plus petites, on regroupe, pour être plus nombreux à partager l'adresse. On est outrés par ce que la mort fait de nous mais on fabrique quand même les morts à venir, incessamment les morts à venir, c'est une activité qui prend beaucoup de temps, très respectée, on s'évertue à fabriquer les suivants, on est heureux qu'ils nous ressemblent, on pense glorieux de rajouter à la liste des absents les prochains qui le seront, qui découlent de nous, ça nous rassure de ne pas être les seuls à partir, on fabrique les morts à venir pour avoir moins peur de mourir nous-mêmes. Il suffit de ne pas trop penser à tout ça. Mais les jours d'enterrement, les aspects pratiques du grand ménage régulier que la terre fait avec nos restes se rappellent à nous, et ce jour-là, le jour de l'ouverture du tombeau pour le grand-père du déluge, une tante a dit à la grand-mère qui restait : « Comment on va faire, il n'y a pas assez de place pour toi c'est tout plein là-dedans. »

Agenouillée, je plonge mes mains dans la terre parce que je ne sais pas quoi faire d'autre, la dernière terre des filles arrivées sur le mont Luciole sans être d'ici, parfois sans nom, souvent sans nom, échouées là dans les campagnes sombres, toutes appelées Marie, comme j'ai été appelée Marie, mon arrière-grand-mère avant moi, sa mère avant elle, et la mère de sa mère, ad libitum remonter jusqu'au miracle. Je plonge mes mains dans la terre de celles qui ont toutes été appelées Marie une fois arrivées dans leur étrange maison, la grande maison en pierre et en pisé, six étages et deux hauteurs de toit au milieu de trois ou quatre fermes basses, qui n'a pas su les protéger contre le mal qui les a prises. Agenouillée encore, je regarde notre île dispersée dans les godets mobiles qui continuent leur labour, notre île qui n'est plus tout à fait la nôtre, plus là pour personne, les cœurs gravés de prénoms et de dates, les cœurs en fonte sur leurs tiges d'acier renversées, quelques restes de mes ampoules-vitrail, les Marie du mont Luciole englouties. La terre devait nous garder toujours, ne tient pas ses promesses, ne se fait plus refuge pour les gamines du village de Sorcelin, mortes de la maladie venue d'un chez-moi que je ne connais pas, j'ai les mains dans la terre du mont que nous avons fait nôtre, malgré les ailleurs qui coulent dans nos sangs, malgré les solitudes qui nous pèsent parfois, nous avons fait nôtre la terre de Sorcelin.

Mes mains butent contre un objet à moitié enfoui, je l'attrape, l'amène contre moi, c'est une Vierge. Là dans mes mains, une Vierge en métal, haute comme la page d'un cahier, large comme ma trousse, une statue lourde et belle, pleine de terre collée, rouillée. J'enlève ce que je peux de la terre du visage de la Vierge, quelques secondes, le monde ne s'arrête pas de disparaître, un dernier geste avant de détaler à toutes jambes, celui de mettre la Vierge sous mon pull, contre ma peau, et de fuir d'ici avec elle.

Sur le mont Luciole comme ailleurs, les nuits d'été sont paresseuses, ce soir, sur le chemin entre les bois et les blés, la nuit prend son temps pour nous envelopper tout à fait, la Vierge et moi.

Peut-être bien que d'avoir pris la Vierge c'est profaner, peut-être bien que je vais devoir le payer. J'ai volé la Vierge, je l'ai volée pour la sauver, je suis bien embêtée parce qu'elle est lourde et encombrante avec sa vis de métal qui devait la sceller pour toujours dans le sol, on m'a dit la Vierge voit tout, et j'aurais bien laissé ma statue quelque part pour cesser de me sentir coupable et observée. Je me dis si elle voit tout elle a bien dû voir que je l'ai prise pour la sauver, elle doit comprendre pourquoi je la porte toute la journée, elle doit savoir que c'est pour elle que je suis devenue une voleuse et elle fera en sorte que je ne sois pas déclarée coupable, ça me rassure un peu.

Quand elle est cachée sous mon matelas et que je dors dessus, je me garde bien de bouger, je me garde bien d'explorer quoi que ce soit de moi, je laisse mes mains bien posées par-dessus la couette, bien visibles, bien sur les côtés, bien loin, le plus éloignées possible de moi, un peu comme si j'étais un corps en croix, mais le lit quatre-vingt-dix par cent quatre-vingt-dix centimètres n'est pas assez large pour que je puisse prendre la pose tout à fait.

Dans ce lit en métal blanc, sur mon matelas déformé façon Princesse au Petit Pois par la madone de métal volée au cimetière des sœurs – non pas volée, mais prise, mais sauvée, emportée comme on emporte une relique d'une terre bénie, comme on conserve pliés en mille les moindres mots d'amour, comme on emporte dans la tombe –, je m'imagine chaque soir parmi les pensionnaires, je dessine sous mes yeux chacun de leurs visages. Je me raconte que je les aurais sauvées, nous nous serions enfuies de la maison malade. Je connais bien les sentiers, je les connais tous, à travers les bruyères puis les bois, dans la discrétion de la nuit, offertes à la bénédiction protectrice des croix de tous les chemins, je leur aurais montré la route, nous aurions fui.

Le jour, la Vierge trouve sa place au fond de mon cartable, sous le manuel de lecture ou bien sous le cahier de textes, qu'importe, elle est enveloppée dans une page du *Progrès*, pour la protéger elle, des rayures, des chocs, même si je fais bien attention à déposer plus délicatement qu'à l'habitude mon cartable au sol, je l'amarre plus consciencieusement au dos de la chaise, et pour me protéger moi, mes mains, mon sac, des dizaines d'écailles de rouille qui s'effritent depuis son corps métallique et corrodé.

À force de la porter, j'ai dans le dos, sur ma peau, côté droit, à l'endroit où vient frotter l'extrémité effilée de la vis d'ancrage, longue spirale qui dessine un cône depuis la base de la statue, une marque, comme une tache de naissance qui serait apparue sur le tard, rouge et bleutée, presque un creux, déjà un creux. À l'instant où j'ajuste les bretelles du cartable sur mes épaules, la pointe vient retrouver sa place dans ce qui est devenu une sorte de cale, le toucher réactive la douleur, légère, oubliée d'un jour à l'autre, me signifie sa présence ; j'attends ce signe avant de me mettre en route, j'attends que ma statue ait bien trouvé sa place. Tant que la statue est avec moi, un peu plus que contre moi, dans mon corps qui se fait réceptacle, quelque chose reste de l'univers perdu des filles, j'en suis témoin et preuve, quelque chose n'est pas tout à fait échappé, en gardant contre moi ce qui a été près de mes petites sœurs, le lien n'est pas rompu, tout n'est pas disparu, tu vois, ça tient, ça perdure.

Je ne sais pas trop comment m'adresser à elle, je crains d'être trop familière, trop empressée, guindée, ou trop procédurière, je lui dis « Vous », comme je dirais

« Notre Père », mais après, je ne sais plus quoi dire, quoi demander. Quand je la désenveloppe de sa page imprimée, je redoute de la regarder les yeux dans les yeux, que faudrait-il faire si quelque chose changeait en elle, son regard, si elle faisait un geste, je ne regarde pas, savoir qu'elle est là me suffit, et m'inquiète. Que pense-t-elle de mes singulières prières, de mes rituels faits d'herbes et de plumes, de poudres et de feux ?

Je porte la Vierge dans mon cartable, et mon cartable pèse lourd. Depuis que je l'ai déracinée, je la porte. Je la porte parce que maintenant, j'ai peur que de la laisser ce soit pécher, comme pour les rameaux bénis, pas le droit de les jeter sinon gare à toi, c'est sacrilège. Je l'ai sauvée, ce n'est pas pour l'abandonner ; je la garde précieusement, je l'installe dans le fond de mon cartable le jour, le soir je la glisse entre le matelas et mon sommier, je la garde près de moi, toujours, pour que personne ne la trouve, que personne ne la reprenne, que personne ne sache que je suis une hors-la-loi.

Plus tard, il y a eu un dernier été d'enfance sur ma colline. On m'a expliqué qu'une mutation avait été décidée, que je ferais ma rentrée au collège dans une autre région, que nous avions les vacances pour faire les cartons et que le pavillon était vendu. Alors j'ai pensé que la Vierge ne voudrait pas quitter ses terres, à la façon dont je ne le voulais pas moi-même.

J'ai creusé avec mes mains dans la parcelle du haut de la butte, dans le jardin côté sud sur une étendue caillouteuse, une petite niche, un creux pour l'étendre. Je l'ai portée longuement à mes lèvres, son goût, je le connais, métal, rouille, boue séchée, je l'ai tenue fermement contre moi, un moment encore avant l'adieu, mes mains enroulées autour d'elle, que je me souvienne, que je n'oublie jamais ma compagne de ces années de fugue, je l'ai étendue dans le creux sec, et j'ai finalement ramené par-dessus elle la terre extraite quelques minutes plus tôt.

Pour marquer l'endroit de mon abandon, face à la plaine, à droite le toit des Enjoleras, en bas la maison de l'arrière-grand-mère Marie, à gauche le châtaignier, la trinité paysagère inoubliée, j'ai planté, dressée face au ciel, une petite branche qui en quelques jours s'est retrouvée emportée par le vent.

Sur une carte Michelin dédiée aux randonnées du département, j'ai dessiné une croix au plus près possible de l'endroit de l'enfouissement. J'ai noté au feutre vert sous le sommier à lattes du lit en bois blanc la Camif qui me suivra là où je vais les coordonnées géographiques indiquées sur la carte : G4, ou F8, quelque chose comme ça, depuis j'ai oublié. J'ai perdu la carte Michelin après l'avoir gardée longtemps, pliée en mille, cachée comme un trésor l'aurait été. Je regrette de ne pas avoir eu l'idée de planter une bouture de châtaignier ce jour-là, ça en aurait fait un deuxième, Marie avait eu le sien et j'aurais eu le mien, j'aurais su où récupérer ma Vierge le jour venu, quand cela serait enfin devenu possible.

Des travaux de terrassement vont commencer sur tous les champs au-dessus de la butte, des espaliers vont être façonnés pour accueillir de nouveaux pavillons dans le haut du village de Sorcelin. Quelqu'un va peut-être la retrouver, ma statue camarade, elle pourra bientôt remonter à la surface à force de tous ces retournements, de tous ces malaxages, peut-être trônera-t-elle sur un buffet près d'un meuble TV, peut-être sera-t-elle vissée dans un bac à fleurs, le long d'une allée, entre deux bégonias, trois arums, un oiseau en résine. Ceux qui la retrouveront pourront tout imaginer, qu'avant, ici, se dressait une chapelle, une de ces minuscules que l'on trouve à la croisée des chemins en pleine campagne, ils trouveront ça insolite, cette Vierge au milieu des prés.

Assise à l'arrière de la voiture qui suit le grand camion, j'ai vu mon monde s'éloigner ; pardon les filles, je pars. Pardon pour mes promesses dites trop vite, je n'ai pas su sauver vos tombes. Mais je vais réparer, devenir vite adulte, acheter tous les champs qu'il reste, replanter vos croix arrachées, créer un lieu où vous redire, un lieu qui ne serait qu'à vous, pour toujours, même si chez les hommes le mot *toujours* n'existe pas.

Pour seul témoin désormais, il reste l'orphelinat, la grande bâtisse qui prend toute la place dans notre village, visible à des kilomètres à la ronde, devenue la définition, le symbole, le signe de Sorcelin : Sorcelin, c'est le village avec la grande bâtisse à toits double hauteur, c'est la première chose que l'on voit de lui, laquelle nécessairement le décrit. Elle trône, tenace, mais vous a gardées étrangères, et les gens haussent les épaules quand on parle de vous. La seule chose que l'on dit est répétée obstinément : « Elles sont toutes mortes, toutes mortes d'un coup, de la grippe espagnole. » Je n'ai jamais entendu que cela, comme si tous ceux à qui l'on posait des questions sur votre sort s'étaient mis d'accord et faisaient bloc ; on vous clôt dans cette histoire sans début, sans déploiement, avec cette seule fin. Personne n'en a su plus, n'a voulu en savoir plus, cette phrase a suffi. Mais moi, je vous promets que vous existerez toujours, je vous fais toute la place qu'il faut en moi.

Il reste l'orphelinat, je le rachèterai aussi, les malédictions que j'ai pris tant de temps à lancer fonctionnent, fonctionneront, promis, je reviendrai évidemment, il reste l'orphelinat et mon château Enjoleras, et le sanctuaire à miracles ; Sorcelin est le plus beau lieu du monde, continuez à le hanter, ne vous en laissez pas chasser, faites trembler de peur tous ceux qui touchent aux prés, à la forêt, qui font tomber les maisons anciennes, qui déracinent nos arbres, qui apportent des grues ; ne permettez pas que l'on vous oublie. Je reviendrai sur le mont Luciole, qui est l'endroit où la frontière avec le merveilleux est la plus fine sur la Terre. Je reviendrai veiller sur vous.

II

Je ne regarde plus à l'ouest.

Depuis que je suis revenue, je détourne les yeux.

Mon espace de travail, un atelier d'artiste, se trouve dans une ancienne usine, pas loin de mon appartement. À pied, cela se fait sans trop de difficulté. De chez moi, trois kilomètres à travers champs en tournant le dos à la colline, zéro souci. Au retour, je suis vigilante, je me concentre sur les saules alignés, ces barrières strictes floutées à leur cime par les brises ou la nuit ; j'attends que le soir se décide à tomber avant de me mettre en route, qu'une fine obscurité brouille enfin l'horizon. En partant, je verrouille consciencieusement la lourde porte métallique de mon bout de fabrique où, dès la fin d'après-midi, quelle que soit la saison, de longues langues de soleil viennent caresser les tables et le sol en béton à travers les hautes volées de vitres sablées qui se laissent généreusement traverser. La fabrication des écrins – à bijoux ou à ménagères d'argent – a perduré jusqu'au début du XXIe siècle ; diverses sociétés se partagent désormais les lieux. Le propriétaire souhaite attirer des artistes, il organise des expositions dans la maison de maître en bordure du domaine, il m'a offert des conditions suffisamment favorables pour que je puisse m'installer, entre ce qui fut le bureau du contremaître et les anciens vestiaires. Devant les portails qui se succèdent le long de la façade principale, une allée goudronnée élargie pour créer des parkings est bordée de platanes massifs. Le week-end, je suis seule, les bureaux autour de moi sont fermés, je peux m'installer sur le banc sous les arbres, au calme. J'entends parfois le ronronnement d'une voiture sur la route en surplomb, c'est rare, le plus souvent je peux écouter le vent descendu des monts du Lyonnais venir jouer dans les feuillages du parc, c'est comme si j'avais un jardin.

Mon grand-père évoquait quelquefois cette usine, il venait travailler ici, l'été, lorsqu'il avait une dizaine d'années. Quand il le racontait, soixante-dix ans plus tard, il se souvenait de l'ambiance, que les employées étaient surtout des femmes, qu'elles parlaient fort, riaient fort, mais pas grand-chose de plus, des petits boulots, il avait dû en enchaîner beaucoup. Ce qu'il racontait avec précision en revanche, c'étaient ses aventures de garçon boucher, en 1940, la viande livrée régulièrement aux châtelains du coin dans une remorque attelée à son vélo, de la viande pour les chiens.

Chaque soir, je tourne le dos aux toits en dents de scie, je longe quelques minutes la départementale sans trottoir contre la maison du propriétaire puis je plonge direction Morneré par un sentier goudronné sur ses premières centaines de mètres. Le trajet est moins fatigant dans ce sens, j'ai surtout à descendre puis je serai presque arrivée, par le chemin du cimetière. Rue Serpenton. Mon grand-père me disait souvent : « Tu passeras me voir, rue Serpenton » ; « J'espère que j'aurai des visites à Serpenton. » Je ne faisais pas le rapprochement, j'imaginais qu'il lorgnait sur une nouvelle maison, une qu'il aurait rêvé depuis longtemps de s'offrir – pourtant, je ne me suis pas étonnée plus que cela le jour où lui et ma grand-mère ont quitté leur grande villa pour un appartement de plain-pied, plus pratique, sans jardin à entretenir, à une adresse qui n'avait rien à voir, mais toujours cette double vue : sur la forge du centre-ville à droite, et sur Sorcelin droit devant. J'ai découvert la plaque bleue de la rue Serpenton, vissée contre le mur de pierre qui fait l'angle avec le boulevard, en suivant son corbillard. Le lien, je l'ai fait ce jour-là.

Je mets un peu plus d'une demi-heure pour rejoindre mon appartement à travers les cultures de pomme et de citrouille. Je ne marche pas vite, je prends mon temps, ce n'est pas que je flâne, mais je fais avec ce que peuvent mes poumons, j'accepte ma relative lenteur de pas. Tant que je ne vois pas le mont Luciole, tant que je réussis à ne pas le voir, ça va.

Je maintiens le cou droit, le regard le plus vissé possible sur ma gauche. Ce n'est pas très confortable, je ne sais pas faire autrement. Le vent dans les bâches anti-oiseaux ou anti-grêle singe le son des vagues sur une mer agitée, me ramène en pensée à la masse des promesses enfouies, qui reviennent par flots, ces promesses faites enfant que je devais absolument tenir. Je n'ai plus d'odorat depuis longtemps, depuis que j'ai eu vingt-cinq ans, ça fait presque quinze ans, mais la terre chaude de ma route s'en moque, les saules s'en moquent, les blés ou leurs semailles aussi ; dans mon corps ça revient, c'est palpable, ça ouvre des images, ça me raconte en boucle des milliers de fables. Je ferme les yeux pour éteindre ces odeurs de l'enfance. Je lutte pour que mes pensées s'en aillent vagabonder ailleurs.

Arrivée rue Serpenton, à deux cents mètres de mon appartement, je prends souvent le temps de faire un détour jusqu'au grand tombeau blanc où reposent mon grand-père, ses parents et même ses grands-parents, dans la partie la plus ancienne du cimetière. Je regarde leurs noms gravés sur la stèle, et je songe aux autres, à ceux ensevelis là eux aussi, qui ne sont pas mentionnés.

Le père du soldat des Dardanelles était un orphelin. Confié à un fermier pour être garçon à tout faire, il s'était échappé, s'était formé au métier de charron et avait hérité de la forge de Mornеré des mains de son patron. Hérité de la forge, de l'immeuble au-dessus, et d'un titre de propriété supplémentaire, au cimetière communal où cette branche de la famille repose depuis dans un tombeau aux proportions surprenantes pour de simples artisans, plus large et haut que ses voisins, ses quatre colonnes ouvragées reliées par une épaisse chaîne dorée et ses larges jardinières sculptées. Très chic, très élégant.

Personne n'a fait en sorte que soit préservée l'identité du patron qui a tout offert. Au fur et à mesure que le tombeau s'est rempli, on n'a plus eu la place, ou l'envie, ou l'idée, et les noms les plus anciens ont cédé la leur aux nouveaux – à la façon des jeux en chaîne de la cour de récré : envoyer une lettre à l'adresse du haut puis recopier la liste en décalant les différents expéditeurs/destinataires d'un cran pour pouvoir ajouter ses coordonnées en bas et recevoir une lettre soi-même dans quatre ou cinq tours, chaîne à ne surtout pas interrompre sous peine de malheur immédiat ou de malédiction sur trois générations. Je n'ai pas le souvenir d'avoir reçu le moindre courrier ; j'ai pourtant toujours scrupuleusement envoyé comme il fallait et à qui il fallait les enveloppes modifiées. Aujourd'hui, je suis incapable de dire le nom de l'homme étendu parmi mes aïeux, étendu avec son épouse et peut-être d'autres parents ; je ne le sais pas. Je trouve indécent de ne pas le savoir.

Mon arrière-grand-mère Marie est enterrée là. Son frère, le curé photographe, ses parents tisserands et leurs propres parents, reposent sur la colline, dans la terre de Sorcelin, à flanc de coteau, un kilomètre ou deux après l'école. Quelqu'un s'est-il jamais occupé de leurs tombes, existent-elles encore ? J'ai préparé un mail à l'intention de la mairie, une longue liste de tous les noms de famille qui ont à voir avec la mienne et que des sépultures étaient susceptibles de porter, mais j'ai tellement craint la réponse, qu'on me dise que rien n'était sauvé, je ne l'ai pas envoyé.

Avant de quitter les lieux, je dépose des fleurs sur les tombes abandonnées ; j'en entretiens quelques-unes pour tromper les gardiens, dans ce cimetière et dans d'autres des villages alentour, les tombes auxquelles on a collé des étiquettes de fin de concession ou celles que je trouve trop solitaires, pour qu'on se dise : « Tiens, finalement quelqu'un est passé entretenir la tombe, ne déterrons pas les corps. » J'aimerais que quelqu'un l'ait fait pour moi, le fasse encore, pour chaque tombe esseulée de Sorcelin, pour mon arrière-grand-oncle et tous les anciens habitants de la maison-atelier. Que d'autres s'en occupent aussi, quelque part en Murcie, en Cantabrie, dans ces régions d'Espagne d'où se sont exilés des arrière-grands-parents dont je cherche l'histoire.

Je fais souvent aussi le détour jusqu'à la petite place du centre, pour passer devant l'ancien atelier des charrons, essayer de deviner l'intérieur. L'immeuble a été divisé en appartements, l'atelier sert de stockage à un électricien. À côté, la maison que mes grands-parents ont habitée quelques années a été restaurée sans trop de mauvais goût, la façade en pierre a été sablée, les propriétaires ont peint les volets en vert clair. On ne peut plus imaginer qu'elle était si modeste, que les flaques de sang au sol de l'arrière-cour débordaient l'abattoir, se faufilaient par-dessous la porte de la salle commune et s'en venaient couler en filaments couleur pétrole sur les marches érodées du vieil escalier à vis.

Quand je rentre de l'atelier en voiture, ne pas regarder vers l'ouest, c'est plus compliqué. Je fixe droit devant moi le bitume qui défile, je me concentre sur les lignes blanches en pointillé, surtout ne pas lever le regard. Arrivée au rond-point après le nouveau complexe nautique, je tourne à gauche, je peux souffler, le mont est derrière moi. Encore trois cents mètres à faire avant de me garer.

L'appartement que je loue est en plein centre de Morneré, au dernier niveau d'une maison de ville. Tout s'est fait à distance, j'ai découvert les lieux le jour où j'en ai eu les clefs, ma valise dans une main, dans l'autre le contrat de location tout juste signé. Par hasard, il appartient aux parents de mon premier amoureux – celui dont j'avais gravé le prénom contre le tronc du châtaigner en haut du chemin des Côtes, et par chance, toutes les ouvertures donnent à l'est. J'ai la colline dans mon dos ; la voisine du dessous possède une fenêtre panoramique mais à mon étage, le grand mur est aveugle.

En me penchant aux garde-corps, je plonge vers les pièces du premier étage de l'école de musique, enclave dans laquelle le temps n'a pas agi, les murs des salles de piano sont recouverts de moquette, la même qui était là lorsque je répétais en boucle les exercices de la méthode Henri-Lemoine, c'était il y a bientôt trente ans ; ce sont les mêmes exercices que j'entends jouer aujourd'hui. Les notes rebondissent dans la cour, l'odeur de poussière coincée dans les tissus rebondit dans la cour, des souvenirs d'enfance rebondissent parmi eux. Nous, les gones qui habitions les monts, avions le privilège régulier de ne pas pouvoir venir aux cours de solfège, les routes étaient impraticables dès les premières neiges ou les premières gelées – le grand bonheur de se sentir coupés du monde, explorateurs, trappeurs, aventuriers. Reviennent des scènes, des images, de tout petits riens qui m'avaient désertée – le décor peint sur la partition des *Jours heureux*, le tintement de la sonnette de la porte de l'ancienne boulangerie, le bruit du store de la cuisine qui a toujours un peu bloqué et que les grands-parents abaissaient chaque soir à dix-neuf heures pétantes, l'odeur de la cire sur le buffet, celle des foins, du froid, la couleur du bitume grisé sur la route de la chapelle Saint-Vincent, le crépitement sous les doigts après avoir caressé les pierres du muret, les premiers baisers sur la bouche à 3 : 1, 2, 3 – qui viennent comme des vagues, s'abattre ou caresser, des ruisseaux de pensées qui se reforment et déferlent, des centaines de choses sues et oubliées qui attendaient silencieusement, bien rangées finalement, quelque part comme dans une malle où se côtoieraient pêle-mêle les plus précieux des trésors et les pires.

Pour le reste, je n'avais pas imaginé que les choses aient pu autant changer. Lorsque j'explorais enfant les ruelles de nos villages, les grandes disparitions avaient commencé, mais j'avais une confiance infinie dans le programme de sauvegarde que j'avais élaboré et dans lequel je revenais adulte, en vainqueur, pour empêcher la ruine. Je pensais qu'il serait rapidement mis en œuvre, en toute logique j'espérais aussi que quelqu'un avec un peu de pouvoir comprendrait l'importance de savoir protéger.

Je ne crois pas avoir un jour douté que je tiendrais ma promesse, jamais douté que le village de mes fées, ce pays des sortilèges et des miracles, serait protégé toujours ; j'allais revenir et le sauver, lui, son orphelinat de pisé, son Lourdes de papier, ses champs encore sauvages ; mon village, avec ses bruyères brunes, ses buissons de cassis amers, ses chemins terreux constellés de galets lisses et doux comme des baisers sous leur couche de boue, mon Sorcelin et ses corbeaux volant toujours un peu trop bas pour ne pas me faire sursauter, et ses fantômes de petites orphelines oubliées. J'allais revenir, riche, évidemment, excessivement, pour pouvoir tout acheter, renommer les rues du nom des filles, retrouver leur identité, chacun de leurs noms et les donner aux ruisseaux, aux arbres, aux sentiers, aux lieux-dits ; habiter le château Enjoleras et lui rendre son parc, son enclave exotique, retrouver chaque espèce et la replanter ; j'allais devenir star de cinéma, présentatrice télé, épouse d'un roi ou bien d'un magnat des affaires, j'hériterais d'une tante éloignée, d'un grand-oncle secret ; je pourrais démolir tout ce qui ne me plairait pas, adieu les pavillons à tuiles provençales, les parkings et les routes goudronnées, je saurais où mettre les explosifs, je les poserais moi-même.

Le temps ne flotte pas pour les promoteurs et le BTP, le temps n'a pas flotté pour eux comme il l'a fait pour moi, et le paysage a poursuivi son grand effondrement. Morneré a été saccagé, des volets en PVC sur les façades moyenâgeuses, des places bitumées. Personne n'a voulu faire un musée du château qui avait abrité des sculptrices audacieuses, son jardin n'est pas devenu un parc public, à la place, des immeubles, encore, la moindre parcelle est bâtie, restent de minuscules aires pour balançoires et des espaces à déjections canines. Les maisons anciennes sont largement tombées pour faire place à de grands ensembles, tous identiques, qui vieillissent mal, la ferraille des balcons macule les crépis, le cimetière a été nettoyé de ses plus anciennes tombes, de ses carrés des anges, on élargit des routes, on démolit le centre. Morneré continue de croître et se boursoufle de tout côté – le lot des villages du coin uniformisés par Bouygues ou Vinci Immobilier.

Uniformisés et regroupés. Par lot de quatre ou cinq, pour former de gros bourgs, plus facilement administrables ; c'est ainsi qu'ils ont supprimé mon village de la carte. Officiellement, Sorcelin n'existe plus. Le premier janvier 2017, les limites de son territoire ont été dissoutes dans le regroupement de quelques localités environnantes, sous le statut de commune nouvelle, selon les dispositions de l'article 21 de la loi n° 2010-1563 du 16 décembre 2010 de réforme des collectivités territoriales, constituant une commune neuve à laquelle on a donné un nom, nouveau, qui fusionne ensemble les bourgs épars aux existences révolues, et qui a fait disparaître le sien.

Je ne veux pas le connaître, je refuse de savoir sous quelle identité il a été emporté et détruit. Des panneaux indicateurs ont sur toutes les routes remplacé les anciens, mais moi, je reste concentrée sur les bandes blanches centrales, j'ai appris à regarder ailleurs quand je les croise. Je sursaute lorsque dans un manque d'attention je lève les yeux, je regarde trop loin. J'ai entraperçu l'écart entre le Sorcelin dormant sous mes paupières et celui du retour dès le jour de mon arrivée ; quand, dans les derniers kilomètres, la voiture envahie par le matelas roulé en boule sur la banquette arrière, la colline de l'enfance s'est détachée sur l'horizon. J'ai baissé les yeux pour la première fois, je n'ai pas su regarder.

Je suis revenue, mais pas comme on revient au bercail, pas revenue comme on revient s'abreuver au nid après un long voyage, pas comme je l'aurais voulu ; pleine du remords d'être là sans être celle que j'avais espéré devenir en partant.

Revenue parce qu'il le fallait bien, parce qu'il y avait l'appartement des grands-parents inoccupé depuis des années à finir de vider, parce que j'ai voulu voir un signe dans un projet d'exposition qui se montait dans le coin, parce que les monts du Lyonnais me manquaient, oui sûrement, que nulle part ailleurs n'arrivait plus à être chez moi, parce que j'étais partie depuis trop longtemps et le sentais dans mon corps, cet étrange exil que je n'étais pas capable de prolonger.

Je n'avais pas imaginé revenir si près. Quelque part dans les monts, bien sûr, mais plus près de Lyon, proche des archives où j'ai des dossiers à explorer. Et puis, à distance, les choses se sont enchaînées, j'ai trouvé cet appartement à louer, les parents de mon Albin du châtaignier se souvenaient de moi, ils m'ont facilité les démarches, et je crois bien que j'étais heureuse.

J'avais laissé mon enfance en suspens. J'étais partie depuis presque trente ans, et je n'avais pas imaginé que ces années s'étaient écoulées ici aussi, pas compris réellement à quel point elles s'étaient égrenées sur chacun ; je revenais en enfant retrouver mon enfance, chaque chose à sa place, incapable de concevoir que le miracle tant attendu de sauvetage n'ait pas eu lieu, pas surprise si j'avais retrouvé mes grands-parents sur leur balancelle me racontant leur rencontre, leur amour, leurs parents, pas plus surprise si j'avais vu Marie et son soldat assis sur le banc de la place. À la façon des fantômes de mes fillettes, j'étais restée petite ; une partie de moi disons, car évidemment j'ai bien vu les sillons se creuser sur mes joues, le brun de mes cheveux virer couleur argent.

Dans l'appartement des grands-parents, des cartons ont été mis de côté à mon intention. Ma grand-mère avait rangé méthodiquement dans de larges enveloppes à mon nom tous les dessins des mercredis après-midi et des dimanches – bien qu'ils soient nombreux, ceux qui ont servi de papier à liste de courses ou en feuille de calepin près du téléphone, gribouillés par l'écriture automatique de l'ennui qui recouvre des pans entiers d'images. Parmi eux, des plans de l'orphelinat tel que j'inventais son intérieur, quelques gouaches noires et grises de petites novices en uniforme comme celui que ma grand-mère me disait porter enfant, de courts récits illustrés dans de petits carnets reliés à l'aiguille avec de la laine de couleur, des aventures de pensionnaires, des histoires de grippe qui en monstre se faufilait sous les portes, en dragon vous soufflait son virus incandescent au visage et vous laissait en cendres sur le sol. Des recettes de potions maléfiques, orties et escargots écrasés, additionnés d'autres ingrédients très approximatifs : *fleur bleue qui pend striée de noir, pas la bleu clair*, accompagnées de formules si codées que je ne peux plus deviner leurs usages. Des listes officielles antioubli, des contrats signés en bas de page de mon prénom souligné d'un trait vif : *ne jamais oublier mes pas dans la neige sur la clairière des filles, ne jamais oublier mon arrière-grand-mère et ses regrets, ne jamais oublier le rire de la fille du château* – son prénom barré à coups de stylo Bic ; *sauver Sorcelin. En faire un site archéologique protégé. En interdire l'accès. Détruire la maison sur l'étang*, etc.

Je regroupe à l'atelier, devant moi, sur la longue table, ces morceaux récupérés. Je me suis décidée à ouvrir d'autres cartons, restés fermés dans un garde-meubles depuis la fin précipitée de mes études aux Beaux-Arts. Je mets de côté le travail en cours pour l'exposition à venir : une enquête sur une tante éloignée, côté Espagne, dont il était interdit de parler. On m'a donné son prénom, nous portons le même, et pourtant aucun récit pour la dire ; je ne sais rien d'elle. J'ai peu rencontré mon grand-père paternel, mais j'ai l'ai vu tressaillir lorsque l'on m'appelait ; un jour, entre deux portes, il m'a chuchoté : « Tu lui ressembles. » Je pousse au bout de la table le portable qui rame à exporter les premières minutes de montage vidéo, les premières images de ma quête espagnole, toutes encore tournées en France, dans la région, et je fais de la place pour les boîtes et les caisses retrouvées.

Il me reste là quelques exemplaires de livres aux illustrations sérigraphiées ; ce sont des récits liés à la disparition des orphelines, des tentatives d'expliquer pourquoi toutes ont succombé à la terrible influenza sans que personne n'ait semblé s'en être inquiété ou ému. J'avais imaginé une mère supérieure dépassée par le drame, qui aurait fait enterrer de nuit et dans la discrétion la plus totale les corps des pensionnaires dont elle avait la charge, une mère supérieure qui avait espéré que ses petites combattraient le mal du siècle par la prière, espéré qu'un grand miracle, un nouveau 8 décembre, aurait lieu dans les murs de son établissement. Son couvent deviendrait un haut lieu de pèlerinage, on laisserait les chambres telles quelles, on dirait aux visiteurs, « regardez la simplicité de leur mise, voyez-là la simplicité de ces cœurs d'enfant emplis d'amour pour Notre-Dame, la force des cœurs croyants », on ferait payer l'entrée, on vendrait des médailles, on agrandirait la chapelle, on construirait un chemin de croix en rocaille aux abords des jardins, on installerait des répliques de la Vierge dorée de Fabisch qui surplombe Fourvière, l'électricité, le chauffage ! Et les filles, jusque dans leurs dortoirs, se concentrent sur les souffrances venues éprouver les humains, si concentrées sur ces fièvres lointaines que personne n'a plus songé à ouvrir les fenêtres, à laisser l'air magique à aérium venir protéger les poumons des prieuses ; la mère supérieure n'a pas su quoi faire quand les fillettes ont commencé à disparaître. Dépassée et déçue, incrédule, la voilà ultime présence dans l'orphelinat vide ; elle finit un soir par fermer la porte et s'enfuir, ou par aller s'étendre parmi les disparues dont elle avait espéré faire des saintes. Le miracle n'était pas venu.

Un autre de ces livrets, que j'avais dû vouloir garder près de moi et que je ne retrouve pas rangé avec les autres, s'appelait *Étranges potagers.* J'avais écrit : *Il existe des potagers étranges, où les humains plantent leurs morts, dans des rangées, bien alignés, mais rien ne pousse sur la terre.* Le texte était imprimé en transfert sur des photographies, des photos prises au cimetière des petites sœurs avec un appareil jetable Kodak Fun Flash © vingt-sept poses l'après-midi où j'y avais planté mes ampoules peintes.

Il y a donc eu des images du cimetière du mont Luciole, des photographies d'avant sa destruction ; des images qui sont autant de preuves, quelques-uns des noms sûrement visibles sur les cœurs de métal accrochés à leur croix. Il a existé des images, disons vingt-sept si toutes les prises de vues ont fonctionné, si les miettes de fond de sac, de celles qui enrayaient l'enrouleur et laissaient des griffures blanches dans la couleur des tirages argentiques, n'ont rien empêché. J'affirme que ces preuves ont existé, ces photos de ma plantation d'ampoules qui se voulait vitrail à ciel ouvert, offrait à mon cimetière de grandes lames ou de légers éclats de soleil coloré.

Je ne me souviens pas que le photographe de Morneré ait fait la moindre remarque lorsque je suis venue, à huit ou neuf ans, chercher ma pellicule développée, mes vues de croix rouillées, d'amas de terre et de buissons de ronces, de fils de fer et d'ampoules dressées. Je m'étais éclipsée du cours de solfège ; j'avais passé commande sous un faux nom, pas discret, Angélique de Sancé, trouvé à l'étage des livres que je n'avais pas le droit de lire dans la bibliothèque de mon grand-père ; j'étais prête à m'enfuir s'il me posait la moindre question, mais le photographe de Morneré avait dû en voir d'autres, il n'a pas bronché.

Des photos ont existé, et ces images tiennent quelque chose qui continue de tenir en moi, le village de Sorcelin, son ombre, son mont miraculeux, la luciférine et son Lourdes miniaturisé, tels que je voudrais les voir encore ; mais il y a eu tant de déménagements, de cartons dispersés, de garde-meubles, de caisses égarées, autant de pertes, et je ne sais pas où se trouvent ces images, si elles se trouvent encore quelque part.

Il me faudrait l'album du grand-père, l'album albatros aux gisants de papier. Je ne l'ai pas non plus, il n'était pas dans les affaires des grands-parents quand je suis revenue, personne ne semble s'en rappeler ; je ne sais pas dans quelles mains il se trouve, s'il est encore déployé quelquefois, grandes ailes offertes, face à des yeux intéressés ou curieux. Moi il me reste les assiettes à dessert illustrées par la vie de Jeanne d'Arc, je les ai précieusement emballées, je n'oserai jamais m'en servir, et le gramophone à remonter que ma grand-mère avait reçu pour ses dix ans, celui dont je faisais courir l'aiguille accrochée à un cornet de carton pour tenter de capter les voix des orphelines dans le paysage encore peu blessé du mont Luciole.

C'est ce paysage que je voudrais revoir ; celui-là je le regarderais en pleine face.

Devant mon ordinateur, un matin, j'hésite à taper *Sorcelin* dans la barre de recherche, je crains les images récentes que je n'ai pas envie de voir. J'inscris *village ancien de Sorcelin*, et je plisse les paupières, prête à fermer les yeux. Quand la première ligne de résultats s'affiche, dans les propositions automatiques d'images, se trouve une carte postale du village au début du XXe siècle. Je n'avais jamais imaginé qu'il puisse en exister, qu'on ait pu en envoyer depuis ce si petit bout de campagne, comme celles que l'on envoie de nos lieux de vacances, depuis la mer. Le lien conduit à un site d'enchères en ligne ; la vente concerne une vue couleur sépia, le village côté nord tel qu'on l'aperçoit de la plaine, au loin la silhouette de mon orphelinat, pas tout à fait aussi gigantesque qu'elle m'avait toujours semblé l'être. Elle est en vente depuis longtemps, je l'achète en achat immédiat pour quelques centimes d'euro ; la livraison me revient plus cher que la carte.

Quand je la reçois quelques jours plus tard, quand, une fois l'enveloppe ouverte, je la tiens dans mes mains, sa matérialité, son papier cartonné un peu piqué d'humidité brune, j'ai la sensation saisissante d'être sur la colline, dans le champ de mes filles, avec elles, que tous les souvenirs, tous les sentiments de l'enfant que j'étais et qui les recherchait en caracolant sur ce paysage tant aimé, que toutes les perceptions d'alors d'un seul coup me reviennent, me débordent. Ce n'est pas que j'avais oublié les filles, comment l'aurais-je pu, c'est une forme de distance, un pas de côté fait par mon corps face à tout ce qui vivait autour de lui quand j'ai perdu l'odorat, quand mes poumons ont commencé à donner des signes de troubles, ce ne sont pas les filles qui se sont éloignées, c'est moi, qui ai dû attendre quelques années en retrait, coincée dans d'autres orages. Jusque-là il n'y avait pas eu un jour sans elles. Alors, quand je prends la carte de Sorcelin dans mes mains, l'image m'offre de devenir médium, pas une capable de prévoir l'avenir ou de dire le passé, mais d'être comme sur place, dans l'épaisseur des chimies, m'offre un lieu de passage ; quand sa surface devient les eaux d'un lac, des eaux lourdes qui me laissent me noyer dans leur masse, je veux toucher encore. Le toucher devient un contact possible avec l'impalpable, un chemin à la rencontre des filles, de ce qu'elles m'ont offert en refuges, en histoires-abris, en rêveries ; une pulsation se remet à battre, une pulsation du temps où je crapahutais sur les sentiers caillouteux de ma colline, les orphelines si présentes, la vie si grande, les odeurs si acérées, tous les sens vivants, les mystères insondables et merveilleux, et la colère si forte aussi ; courir jusqu'à plus soif pour tenter de la vaincre, s'essouffler pour que le corps n'ait plus la force de fabriquer des larmes, pour éloigner la peur, pour échapper.

Sur tous les sites d'enchères en ligne, de ventes de documents anciens, chez les antiquaires, les brocanteurs, je pars à la recherche d'autres images de Sorcelin. Je n'ai jamais trouvé de photos originales, mais des dizaines et des dizaines de cartes postales, toujours les mêmes d'ailleurs, une vingtaine de modèles en tout et pour tout, vues identiques, prises à des époques différentes mais peu nombreuses, à chaque fois ou presque l'orphelinat au premier plan.

Je traque. J'achète. J'achète toutes les cartes que je peux trouver. J'ai besoin de voir, de sentir, les crépis qui s'effritent, les haies, les pierres brunes, j'achète, les cartes se vendent trois fois rien, par lot, vingt centimes, dix centimes, cinquante centimes, à chaque ouverture d'enveloppe la même décharge ; au verso, parfois, un message, *souvenirs affectueux*. Une carte a été adressée par mon arrière-grand-oncle curé à un ami séminariste de Lyon, je découvre son écriture : *J'ai mis une croix, tu reconnaîtras la maison*, et il ajoute cette marque tracée à l'encre noire sur la maison-atelier. Son écriture est si fine, si délicate, je passe mes doigts dessus, une caresse à celui qui n'est plus.

Des cartes sont datées de 1903, 1907, 1918, 1919, rédigées alors que mes orphelines disparues ne l'étaient pas encore. Les voilà si proches. Peut-être l'un des textes à l'arrière m'en parlera un jour, y fera allusion, *aujourd'hui j'ai croisé un groupe d'orphelines en balade*, ou, *tu sais, c'est ici que la grippe espagnole a tué tout un orphelinat,* racontera l'histoire, dévoilera des secrets ; l'une portera plus de détails, pourrait avoir été écrite par l'une des religieuses, par l'une des orphelines elle-même, alors j'acquiers toutes les cartes que je trouve, j'enregistre des alertes, j'envoie des mails aux antiquaires, aux brocanteurs, je suis preneuse, j'achète.

Tous les matins, la même chose, le rituel du café, l'ordinateur dans les mains, récupérer tout ce qui vient du village, tout ce qui porte trace de l'orphelinat. Des jours vides, des jours luxuriants, fastueux. Des lots. Cinquante centimes, un euro, deux euros ; très rapidement les prix grimpent, je paye, la cote du village de Sorcelin connaît une hausse sans précédent. En quelques semaines, les prix passent à cinq, sept euros pièce, puis dix. Je mets quelque temps à comprendre que mes achats font exploser les prix. Quinze euros, je prends. J'ai bien trop peur que ces images m'échappent, puissent m'échapper, alors je continue, vingt euros, je ne peux plus suivre, un mois après les cartes atteignent quarante euros pièce : *rare carte postale du très demandé village de Sorcelin* ; *véritable carte du village de Sorcelin* ; les vendeurs professionnels s'arrachent les tirages avant moi, pour les revendre. Pour me les revendre.

Plus je veux ramener à moi toutes ces images, plus mon désir les fait se disperser chez des revendeurs ou des collectionneurs attentifs, et voilà Sorcelin éparpillé dans toute l'Europe, traversant l'Atlantique ; mon désir les dissémine dans des ailleurs lointains. Il ne me reste plus qu'à attendre que doucement, tout doucement, quand la demande sera moins forte – ma demande –, les prix redescendent. J'écris aux vendeurs pour expliquer que je suis l'unique acheteuse, pour négocier, les offres plus basses sont rarement acceptées ; j'attends, mais les cotes mettent plus de temps à descendre qu'à s'élever. Aujourd'hui m'attend une carte, peu courante, qui montre la fabrication du kirsch entre villageois. Le vendeur n'en démord pas, c'est cent quatre-vingts euros ; il peut me faire la faveur de descendre à cent soixante, mais impossible de faire moins « quand on connaît les prix du marché ».

La plupart de ces images sont en fait des reproductions des photographies prises par mon arrière-grand-oncle curé. Un oncle aujourd'hui me raconte l'affaire de plaques de verre récupérées sans plus de cérémonie par un éditeur lyonnais qui les a diffusées à l'époque, en apposant son cachet. Le frère de Marie avait beaucoup photographié la maison-atelier de pisé sur le chemin des Côtes, elle est devenue ainsi l'un des principaux sujets des cartes postales de Sorcelin, avec la place de l'église, le café-tabac-ancien-hôtel et l'indétrônable vue en plan large de l'orphelinat tout devant. Qu'elles soient de lui ou de quelqu'un d'autre – j'aime à me dire que je sais reconnaître son œil et ses cadrages, ses modèles, qu'il avait lui aussi un attachement particulier à ces lieux –, ce sont souvent les mêmes vues, tirées en grand nombre, parfois de qualité très moyenne ; l'une d'entre elles, un plan large que je possède en une trentaine d'exemplaires, est absolument floue.

La majorité des photographies date de la décennie 1910-1920, j'ai de la chance, c'est la décennie qui a porté mes disparues ; les filles étaient là, vivantes au moment de la prise de vue, vivantes dans ce périmètre de paysage démultiplié sur ces cadrages de carton. Alors, avec une loupe – c'est finalement une denrée rare, je veux dire une loupe qui ressemble à ce à quoi l'on voudrait que les loupes ressemblent, un genre de miroir à main, or ou laiton sculpté, le manche épais et lourd, je me suis finalement rabattue sur une dégottée chez les grands-parents, un modèle du catalogue *Temps L.*, le spécialiste des enfile-chaussettes et des facilitateurs d'ouvre-boîte, imitation chic, mais pas chic pour autant, tant pis –, avec une loupe, je scrute les cartes d'avant 1919, surtout celles-là – la date d'expédition révélée grâce au timbre ou à l'inscription à l'arrière si inscription il y a, révélée à force de recoupements, de lectures, de temps –, j'observe à la loupe les cartes car rien ne m'interdit d'imaginer qu'au moment du déclenchement de l'appareil, il n'y ait pas eu, sur les cent ou deux cents orphelines, une seule d'entre elles qui se soit rapprochée d'une fenêtre, s'y soit penchée, ait ouvert l'un des battants pour aérer, pour laisser s'échapper une abeille, qu'il n'y en ait pas eu une seule parmi ces deux cents pensionnaires pour être, au moment de l'image, descendue au potager, qui se soit occupée d'étendre le linge pour qu'il sèche – il devait y en avoir des mètres linéaires de draps à sécher.

Et sous un certain angle, avec une certaine lumière, peut-être que l'on pourrait, par l'une de ces fenêtres ouvertes ou mal fermées, apercevoir un peu de l'intérieur du bâtiment désormais muré, apercevoir quoi ?, la salle de classe, la salle de couture, la table de toilette, une table dressée pour le repas, un lit en fer, les filles en prières ; sur toutes les images prises, comment serait-ce possible qu'aucune des filles n'ait laissé quelque chose d'elle – pas de l'ordre de l'absence, ce grand silence dont les paysages que je croise et que j'amasse se font l'écho –, quelque chose d'elle imprégner les photos ? Comment serait-ce possible qu'aucune des filles n'ait laissé quelque chose, ne serait-ce qu'une ombre, un flou de bref mouvement, un reflet, se laisser imprimer sur l'image pour moi. Se laisser photosensibiliser pour moi.

Pour que mes hôtes de l'orphelinat prennent corps, peut-être visage, que personne ne puisse plus douter, pour dire qu'elles ont été là, pour les réinscrire dans le paysage aimé, les réécrire où elles ont été gommées, soustraites, pour les réadditionner à nous, pour que d'autres que moi puissent les aimer, leur parler, les dire, qu'elles reviennent, que cette justice-là leur soit faite, que le monde lui-même par l'image admette : « Je les ai portées. »

Avec un logiciel de traitement d'image, une fois les photos scannées, absolument pas classées par trop d'empressement, le déplacement dans le corps photographique devient un voyage inédit et éblouissant, fabuleux, une véritable exploration. Les agrandissements se font par centaines de pourcentages. Je fais des milliers de captures d'écran, car certains groupes de pixels laissent rêveur, oui, peut-être bien, qu'ici, là, ce que l'œil a du mal à distinguer, à percevoir, c'est ce que je cherche. Pas tout à fait ce que je cherche, mais un espoir qui me dit que c'est possible, que je pourrais trouver ; dans ces bruits photographiques se lovent mes espoirs de retrouver celles qui avaient allégé l'enfance, m'avaient offert le pouvoir de parler aux fantômes. Avaient fait devenir le mont Luciole le lieu le plus précieux qui soit, malgré tout ce qui y était moins beau qu'ailleurs.

Je suis certainement aujourd'hui la plus grande collectionneuse d'images de Sorcelin. J'aimerais apprendre que quelqu'un a, quelque part, collecté et conservé tous les documents trouvés ou récoltés sur le village, que tout est là, chez lui, le registre et les noms des filles, les journaux intimes, les livres de classe, tous les souvenirs de tous les habitants depuis la Révolution et même avant, et un document qui dirait qui était le dénommé Pierre Sarment dont le nom est discrètement attaché à un petit bout de colline et n'a laissé aucun autre signe de son passage chez les vivants.

La plus grande collectionneuse, certainement, mais pas la plus tranquille, car avec toute cette masse regroupée autour de moi, en devenant la propriétaire de la plus grande collection – connue – qui soit de reproductions de Sorcelin, je dors moins bien, jamais sereinement ; la collection est une responsabilité. Je crains sans cesse qu'il lui arrive quelque chose, un vol, l'oxydation, le feu, une inondation, un produit renversé, que l'humidité la dégrade ; la peur de ne pas être à la hauteur, de ne pas savoir la protéger, ne pas savoir protéger ces centaines d'images faites miennes à grands coups d'enchères et de nuits blanches, maintenant qu'elles sont là, réunies, amassées dans des cantines métalliques sur le sol de l'atelier.

J'ai beau me sentir une force nouvelle, la force de celle qui possède des preuves, je ressens parfois la puissance, étrange, de celle qui pourrait tout aussi bien, dans un geste de rage ou de révolte, les détruire, réduire à encore moins ce qu'il reste de Sorcelin, serait capable de faire disparaître les preuves, adieu le mont protégé par le temps, adieu le passage des filles, adieu donc à tout ce qui a été.

J'ai en ma possession autant de cartes postales du village qu'il y a eu d'orphelines dans les murs de l'orphelinat pendant la Première Guerre mondiale. Peut-être plus, plus de trois cents. Je note scrupuleusement sur un planisphère mural d'où les cartes viennent, scrupuleusement d'où chacune m'a été envoyée, quels ont été leurs trajets : un petit point sur chaque ville d'expédition puis je relie les points à l'aide d'une longue règle à tableau, et la forme qui se dessine entre tous ces traits, c'est la flaque de diffusion de mon village. Je veux savoir jusqu'où il s'est éparpillé à travers la planète, et comment. J'écris aux vendeurs pour leur demander où ils les ont trouvées, s'ils connaissaient l'expéditeur ou le destinataire, pourquoi ils s'en séparent, s'ils connaissent le village, mais les vendeurs sont peu loquaces, je n'ai jamais pu retracer précisément ces voyages.

Dans l'atelier des écrins, je décachète les cartes et les photos que je reçois, je ne le fais jamais chez moi. J'ai la phobie des germes, alors j'ai mis en place tout un protocole pour protéger mes poumons, pour ne pas risquer de répandre les moisissures des papiers, m'armer de lingettes désinfectantes et de gants Mapa, mettre un masque, ne pas garder sur mes doigts d'infimes particules qui pourraient se transmettre par l'air, venir à mes muqueuses, se déposer sur mon visage – ma peau réagit aussi, déclenche des démangeaisons, des urticaires, des toux, des asthmes. Les nouvelles images rejoignent les autres dans des cantines en métal que je ferme le plus hermétiquement possible et que je couvre de bâches, pour être sûre, sûre que rien ne passe au travers ; en tout arrière-plan demeure la peur irraisonnée que sur le support, celui sur lequel quelqu'un a écrit dans les années de la terrible grande grippe, la terrible d'Espagne, il ne reste, dans la rouille ou dans la moisissure, derrière le timbre, un peu de ce mal tapi, encore actif, prêt à être réactivé par un manque de rigueur de ma part, par un laisser-aller, un geste incontrôlé, des mains moins protégées, moins nettoyées, par un peu de ma salive qui offrirait un environnement parfaitement propice à sa croissance. J'ai souri souvent en y pensant, en me moquant, mais quand même, j'y ai pensé, pensé un peu plus fort et moins sereinement lorsque notre début de siècle a été confronté à une autre grande épidémie, qui se déployait au moment où je retrouvais ma colline, une épidémie pour revenir près d'une autre.

Une pandémie, qui, durant plus de un siècle, sagement, est restée dans l'angle mort de l'histoire. Nous aurions eu pourtant des occasions de la faire entrer en résonance avec notre époque, avec la grippe de 1969 ou la H1N1 de 2009 ; mais la grippe du début du XXe siècle ne fut pas convoquée. Nous avons tous en tête quelques images en noir et blanc de passants américains prenant le tramway ou de dactylographes tapant à la machine, un masque sur le visage, quelques images aussi d'hôpitaux de campagne où s'alignent à l'infini des lits de métal dans lesquels agonisent des soldats ; nous l'avons étudiée sous la forme de quelques lignes rapides dans nos manuels scolaires, quelques lignes en balance de la Grande Guerre de 14-18. Nous nous en sommes tenus là. La première étude à l'intention du grand public a été publiée dans les années 2000. Nous avons mis du temps.

En plein conflit mondial, dès le mois de mars 1918, une première flambée virale, brusque et massive, va toucher très largement les populations européennes, et, de façon plus ou moins simultanée, les quatre coins du monde. Sa contagiosité est sans précédent.

Depuis 1916, des médecins européens avaient notifié l'apparition de formes sévères d'infection à pneumocoques dans les populations de travailleurs étrangers, mais cela ne semblait concerner qu'eux, ne pas s'étendre. Pourtant, à Madrid, au printemps 1918, la nouvelle grippe a contaminé 70 % des habitants en trois jours. Quand le mois de juillet arrive, le nombre de cas commence à baisser, on se rassure.

En août, la presse française commence timidement à évoquer les morts, mais ils sont hors de nos frontières, ça se passe en Espagne, à Londres, en Italie. Et surtout en Allemagne, du côté des ennemis. D'ailleurs, cette grippe va nous aider à gagner la guerre ; presque une alliée. On la sous-estime, on met longtemps avant de s'inquiéter de cette maladie, certes contagieuse, mais dont on connaît le nom, et puis il ne faut pas décourager une population qui souffre de quatre années de combats. Il faut garder le moral. Tout doit participer à l'effort de guerre.

En septembre, la grippe qu'on croyait derrière nous change de nature, la mortalité s'emballe, les complications sont terribles : broncho-pneumonies, troubles cardiaques, œdèmes des poumons, et cette cyanose si caractéristique du visage et des membres. Elle se fait brutale, emporte en deux jours, la période d'incubation surprend. On ne peut rien prévoir. Celui qui semblait se remettre est emporté dans la nuit ; elle défie les diagnostics, les médecins sont largement impuissants, pas de traitement. Apparaissent des complications rénales, des gangrènes pulmonaires, des pluies de râles, des visages hébétés, des gorges expectorant de la mousse rosée. Je lis dans un article les propos rapportés d'un médecin de Manchester : *Les enfants tombent un à un derrière leur pupitre comme si on les avait empoisonnés.*

Elle est capricieuse. Elle survole des villages sans faire de dégâts, s'éternise dans d'autres, s'attaque aux personnes âgées, bien sûr, mais aussi aux jeunes qui sont d'habitude plus épargnés. La population est épuisée par les restrictions et la guerre. Les cimetières urbains sont pleins, on enterre la nuit dans les campagnes, dans des cercueils étanches après avoir épandu du chlorate de chaux sur les corps. Elle se propage avec les mouvements de troupes ; sur le front de l'Est, en trois mois, plus de deux cent mille soldats sont touchés. Ils sont évacués dans des hôpitaux improvisés, mettent des jours à les rejoindre, disséminent le virus sur leur passage. Les gazés, nombreux, n'ont aucune chance de survie s'ils sont contaminés. À la fin du mois de septembre, la presse ne peut plus faire l'impasse, l'inquiétude est trop grande, est partout. Les services de santé sont saturés, l'économie fonctionne au ralenti, des écoles ferment ; toutes les forces administratives et médicales avaient été mises au service des armées.

La victoire signée et fêtée en novembre contribue à la propagation du virus, mais les journaux ne traitent que de l'armistice. L'Europe connaît son pic de mortalité entre mi-novembre et mi-décembre 1918, puis viennent l'Afrique, l'Amérique latine, les Indes, la Chine, l'Océanie. La grippe espagnole disparaît en mars 1919, après une troisième vague moins féroce, quelques cas sporadiques s'échelonnent jusqu'en 1921.

De folles rumeurs circulent sur son origine ; aujourd'hui on cite les États-Unis ou l'Asie, mais le mystère n'est pas résolu. On lui a donné le nom d'« espagnole », en référence à l'influenza meurtrière qui avait traversé la péninsule ibérique en 1889, ou en raison de la presse de ce pays qui ne censurait pas les informations à son propos, à la différence des autres pays en guerre.

En France, sur une population deux fois moins nombreuse que celle d'aujourd'hui, on dénombrait deux cent cinquante mille victimes ; sur le *Larousse* en ligne, on peut voir que ce total a été révisé récemment pour arriver à quatre cent huit mille décès après relecture des registres d'état civil. Il faut aussi parler des morts des suites de la maladie qui a affaibli durablement les organismes ; jusque dans les années 1940, on remarque une surmortalité en couches des femmes ayant contracté la grippe plus jeunes. Les historiens parlent désormais de cinquante à cent millions de victimes au total, soit entre 2,5 et 5 % de la population mondiale.

En France, c'est dans le quart sud-est que la pandémie a été la plus virulente. Depuis, dans le Lyonnais, circule la terrible histoire du pensionnat Notre-Dame de Sorcelin. Dans les années 1980 et 1990, les écoliers la connaissaient, nos grands-parents, qui n'étaient pourtant pas nés à l'époque de la grippe, la tenaient de leurs parents. Circule-t-elle encore aujourd'hui ? Qui pour la dire ?

Ce qui se raconte, ou bien se racontait, dans tous les villages alentour, c'est que la grippe avait frappé Sorcelin en son orphelinat, pas au village vraiment. Toutes les pensionnaires et toutes les sœurs qui s'occupaient des fillettes étaient mortes. Aucune n'avait été sauvée. Ça en avait été fini de l'orphelinat. Qui avait vu ? Qui savait ?

Devant mes centaines de cartes postales récoltées, trouvées, achetées, je ne peux que constater que l'orphelinat n'a pas toujours été tel que je l'ai connu ; que durant des décennies, depuis sa construction dans les années 1860 et jusqu'à la fin de la Première Guerre mondiale, il n'était que la moitié de lui-même. En plein milieu, un trou béant. Le bâti principal ne comblait pas encore l'espace entre les deux flancs, déjà construits eux, chacun à un bord ; l'ombre intégrale n'était donc pas originelle. Je découvre que les filles arrivées avant 1914 ne l'ont pas habité dans la structure qui était la sienne lorsque je comptais les fenêtres avec appréhension pour estimer le nombre de ses pensionnaires. Je découvre surtout que ce grand vide n'a été comblé, fermé par l'agrandissement du bâtiment, qu'après les années 1930. À la façon dont on reprend une broderie, on avait étendu la façade jusqu'à ses ailes latérales en respectant absolument sa trame, l'ajout était insoupçonnable. L'orphelinat avait dû être pensé dans cette unité, il avait juste attendu quatre-vingts ans pour devenir tel que je l'avais vu moi. Ça faisait moins de fenêtres, moins de dortoirs, moins de filles à l'intérieur, ça me rendait un peu moins criminelle.

Le bâtiment a été agrandi dans les années 1930, l'histoire qui se raconte n'est donc pas tout à fait vraie. Celle qui passait de mémoire à mémoire, qu'en reste-t-il ?, c'était l'histoire terrible, le verdict irrévocable, tout le pensionnat vidé par la grippe et plus rien après. Mais d'autres filles sont venues, ont vécu en parallèle, encore, en retrait des récits. Ces récits interrompus bien nets, les épaules haussées, les filles, oui toutes mortes, passons à autre chose, toutes mortes d'un coup ; Sorcelin devient l'étrange village coupé en deux, d'un côté du chemin qui le traverse, en amont, les vies de ceux d'ici, et de l'autre, à l'aval, en contrebas, celles invisibles, impensées, immémorées, désinscrites ; de celles qui font hausser les épaules et reprendre leur route aux anciens que je questionnais.

Je dispose devant moi un lot de trois images des années 1950, j'en ai trouvé peu, ces trois-là seulement. On peut voir l'intérieur du bâtiment, ce sont mes seules vues du dedans : la nurserie, la salle de classe. Des jeunes filles souriantes ou sérieuses tournent le regard en direction de l'appareil photo. La carte de la salle de classe existe en deux versions : l'une avec des fillettes, l'autre désertée, sûrement prises le même jour à peu de temps d'écart. Au verso, rien.

Je possède deux cartes qui me sont particulièrement précieuses, pour lesquelles je suis encore plus inquiète que pour les autres, ce sont deux vues, identiques, du château Enjoleras. Trois hommes et une femme, non identifiés, posent devant le portail fermé de la demeure blanche. Ce sont des villageois, ils se tiennent droits et fiers mais leur tenue de travail trahit leur dénuement, ils sont là comme devant un grand monument d'une capitale. La photographie n'est pas forcément très bien cadrée, on voit mal les volumes, le château a été pris en contre-plongée ; ça n'abîme rien du miracle d'avoir entre les mains une image du château au début du XXe siècle. Les deux sont encadrées, l'une accrochée au-dessus de mon bureau, à hauteur d'yeux, l'autre à l'atelier, à côté de quelques images et objets, autres vues du village, moulage de l'Inconnue de la Seine en plâtre, galet récupéré sur mon trajet, fleurs de pommier séchées, carte de donateur pour la maison des orphelins Notre-Dame, – mais Notre Dame de quoi ? – de Sorcelin.

J'ai reçu un mail un matin ; l'enchérisseur contre lequel je m'étais battue pour obtenir l'une de ces deux images du château blanc – c'est l'unique fois que cela est arrivé, qu'il y ait un autre enchérisseur amateur que moi – avait obtenu mon adresse et m'écrivait ceci : *J'habite la villa de la photo, j'en suis le propriétaire, je vous propose donc de vous racheter la carte, je vous la rachète au prix d'achat, cordialement.*

Je n'ai jamais répondu à cet homme, que lui dire ? Qu'il ne sera pas toujours le propriétaire de mon château ? *Monsieur, habiter en rêve le château Enjoleras, à travers les rêves de mon arrière-grand-mère Marie, qui a été invitée puis plus invitée jamais, à travers ses rêves retrouvés épars sur le chemin qui mène jusqu'à l'atelier des tisserands, ce n'est pas habiter de la même manière que vous, d'accord, ce n'est pas être propriétaire, pas encore, mais c'est quand même habiter.*

Nous avons toutes rêvé en le longeant, ce château si différent de la maison-atelier, du pavillon du haut du pré, ou de la grande bâtisse froide et sans confort ; nous avons toutes été éblouies devant la demeure blanche. Le jour où la seconde image a été mise en vente, j'étais la seule potentielle acheteuse, le propriétaire n'était pas dans la course ; s'il l'aimait tellement son château, il serait resté à l'affût, alors je garde les deux images pour moi, pour porter les songes de Marie, les songes des filles et les miens. Je n'oublie pas ma demeure aux parquets clairs et aux interrupteurs de porcelaine, ni la valse silencieuse que les saules de son parc ont dansé à mes pieds cette après-midi d'enfance où, moi aussi, dans le sillage de celle que j'ai maudite avec tant d'ardeur, je suis entrée dans le château des Enjoleras.

Je collectionne également depuis quelques mois des portraits de novices, de pensionnaires, des photos de classe, des photos de groupe, des images dont le lieu de prise de vue reste non identifié lors de la vente, et qui, potentiellement, pourraient donc avoir été prises dans mon orphelinat, pourraient avoir ses filles pour modèles.

Je note chaque détail, j'analyse chaque espace et souvent je retrouve l'endroit où ces photos ont étés faites, je suis devenue une enquêtrice à la spécialité très particulière, je peux identifier en un seul regard une quinzaine d'établissements religieux en exercice durant la Première Guerre mondiale, et même, je reconnais à coup sûr deux ou trois des mères supérieures le plus souvent portraiturées, pas forcément reçues dans un ordre chronologique, connues âgées avant de les découvrir à leur prise de voile.

Contre l'un des murs de l'atelier, posées au sol, j'ai formé deux piles : l'une très grande, faite des photographies anciennes dont j'ai réussi à localiser la provenance, qui n'est pas le village de Sorcelin, et une toute petite pile à côté, haute de quelques centimètres, un ensemble de photographies, qui, possiblement, sans origine assurée, pourraient bien être des portraits de mes filles. Je ne range pas ces photos dans les caisses, depuis quelque temps j'ai l'impression de mieux supporter la poussière.

Dans la masse des archives accessibles en ligne, je les ai cherchées, dans les registres des enfants trouvés ou abandonnés. Les notes manuscrites sur les dossiers de placement peuvent faire grincer les dents : *gentille*, *obéit bien*, *menteur*, *insolente*, *morte*. *Morte*, ajouté comme ça, en bout de ligne, dossier clos. On trouve d'autres indications, toute chose sue invente une façon de remplir les vides, de nommer : l'enfant déposée le 3 février près de l'église du Bon-Pasteur prendra le nom de la sainte du jour et de la rue, deviendra Claudine Neyret, suivi d'inventaires de ces morceaux de vies dont l'origine offre peu d'indices, *enveloppée dans un linge en lin brodé* ; *en lin simple* ; *avec un mot qui disait* ; *avec rien* ; *dans un panier en paille blonde* ; *dans un sac de jute* ; *enroulée dans une couverture de laine trouée*. Parmi ces enfants, si nombreux, j'avais cru pouvoir retrouver des filles qui auraient rejoint le pensionnat de Sorcelin, mais jamais je n'en ai vu la mention.

D'autres données des registres d'état civil viennent nourrir les hypothèses de mes anciens récits d'étudiante : sur l'ensemble de la période de la guerre – et j'ai prolongé mes collectes jusqu'en 1920 ou 1921 –, on trouve la mention du décès d'une quinzaine de religieuses ou d'orphelines pensionnaires à Sorcelin, quelques précisions parfois, le répété : *née de parents inconnus* ; elles ont de quatre à soixante-quinze ans, leurs noms viennent s'intercaler entre ceux de jeunes hommes pour lesquels il est notifié en marge : *morts pour la France*, ceux-là portent les noms de famille que portaient mes camarades à l'école primaire. Quelques personnes âgées sont décédées aussi durant ces années-là, mais rien de remarquable. Du côté de mes filles, il manque trop de mortes, à moins que l'orphelinat ait été quasi vide, les filles rapatriées je ne sais où le temps de la guerre. Je repense à ma fiction de la mère supérieure dépassée qui ne déclare plus rien et ne prévient plus personne de peur d'être démise de son rôle. Il n'y a plus de tombes, comment penser ces absentes ? Qui vient lire les registres ? On a toujours parlé de centaines d'orphelines, j'ai appris l'histoire ainsi, on la transmettait ainsi, mais qui savait ?

C'est virtuellement aussi que j'ai eu entre les mains les carnets militaires de mes arrière-grands-pères. Des arrière-grands-pères français, j'entends ; pour celui d'Espagne, je n'ai ni dates ni lieu, ni récit ni images ; de cet autre arrière-grand-père, je sais toujours si peu.

Trois d'entre eux donc ont participé, de façon très différente chacun, à la Première Guerre mondiale, ils étaient nés entre 1889 et 1898, ils sont tous revenus : l'un d'Orient, on le sait, les deux autres du front de l'Est. Sur les documents se trouvent des indications qui m'ont beaucoup touchée : taille, couleur des yeux, des cheveux, forme du crâne ou du nez, les adresses, les métiers, les parcours ; rien n'est mentionné à la rubrique des signes particuliers. Il faut croire qu'ils n'en avaient pas.

Dans mes mains, pour la première fois, le dossier du soldat des Dardanelles, si beau sur son cheval dans son cadre doré. La tête dans les archives, on se surprend à être émue par un humain plutôt qu'un autre, à se sentir plus à distance d'untel ou d'untel, plus proche de celui-là. J'ai une tendresse particulière pour mon soldat-roi, le Dardar de 18, un des premiers photographiés que j'ai vus, en uniforme, sans bien comprendre alors ce que porter un uniforme voulait dire, sa prestance de cavalier en imposait dans le couloir sombre, j'étais impressionnée par cet inconnu, explorateur de lointains territoires.

Il a été évacué – du front d'Orient ou d'ailleurs, beaucoup de lignes sont illisibles : écriture trop serrée, encre évaporée, abréviations incompréhensibles – au motif d'une convalescence nécessaire, le 9 novembre 1918 pour anémie et faiblesse consécutives à un état infectieux particulièrement grave. Deux médecins ont signé le même jour, cette avant-veille d'armistice, l'ordre de se mettre à l'écart, deux mois de pause pour se remettre d'une broncho-pneumonie grippale.

J'en parle autour de moi, aux parents, oncles et tantes dont il a été le grand-père et qui l'ont connu quelques années, dont il a marqué l'enfance – leur grand-père qui fumait dès le matin, son chat roux enroulé sur ses épaules, à l'atelier, dans les odeurs de vernis et de copeaux de bois, de colle, de chaud des machines-outils, du feu de la forge, à midi, dans l'odeur du linge amidonné de sa femme couturière, avec le locataire à la gueule cassée qui les fascinait, dont la bouche ne se fermait jamais totalement, des repas pris tous ensemble à l'étage, les deux fenêtres ouvertes en grand sur la place de Morneré. On me dit : « L'arrière-grand-père, il a d'abord eu une dysenterie en Orient, un copain l'a sauvé, ça, il racontait, ensuite, à la toute fin de la guerre il a failli y rester, quelques semaines avant l'arrêt des combats, il a eu la grippe espagnole ; la grippe espagnole, ils ont été beaucoup à l'avoir. »

Je n'aurais jamais imaginé que cette information puisse mettre tant de temps à me parvenir ; j'ai passé mon enfance à poser toutes les questions possibles sur cet orphelinat décimé par l'influenza qui chantait des terreurs ancestrales ; personne pour me le dire, qu'elle était passée si près de nous aussi. Toute une enfance à demander qu'on me raconte et personne pour me dire : « Ah tiens, ton charron aussi, il l'a eue, la grippe, comme tes orphelines, juste au moment où peut-être il connaissait un peu l'espoir que ça allait finir. » Est-ce que l'espoir est quelque chose qu'ils pouvaient encore ressentir, les sacrifiés de 14 ? Mon arrière-grand-père, après avoir survécu à l'Orient, allait survivre à la grippe qui, désormais, porterait le nom d'un pays qu'il ne connaîtrait jamais, lui qui avait connu sans le vouloir les Dardanelles, et je revois son écriture, nerveuse, cette phrase tracée en quelques secondes sur la carte envoyée depuis Marseille à ses parents : *Nous embarquons à midi, mais je ne sais pas vers où.*

La maladie pénètre les lieux qu'on croyait clos, entre dans les dortoirs, s'accroche aux draps, fait cracher noir, dessine des aplats violet sombre sur les joues, nourrit des fièvres qui ruissellent en sueur sur les cheveux si bien noués des filles de l'orphelinat, des fièvres qui ruissellent en sueur sur les cheveux terreux des soldats, se sont saisies de mon soldat d'Orient pour l'emmener à bout de force.

Il a traversé Sorcelin le jour de son retour, le retour dû à cette grippe qui l'avait presque eu, lui avait imposé la lutte jusqu'au souffle regagné – combien de temps le soldat avait-il mis pour rentrer, à quoi pense un soldat qui revient ? Étonnant qu'il soit passé par là, peu logique de descendre la montagne par la si petite route qui ne relie aucune ville à aucune autre. Il était seul, ou peut-être étaient-ils quelques-uns, en troupe effilochée, à pied ou bien cavaliers. Il a vu Marie penchée à sa fenêtre, penchée par hasard, pour secouer un linge, curieuse de voir passer les soldats ; penchée en attendant que le temps passe, pour interpeller quelqu'un dans la rue, éloigner la langueur qui l'étreint ; c'est novembre, il fait froid, l'atelier est haut de plafond, difficile à chauffer, il faut maintenir vaille que vaille la chaleur du poêle, on laisse le plus possible tout fermé. Le soldat passe, il est tard, ou bien c'est en pleine journée, Marie le voit ou referme les battants sans l'avoir vu, elle fait exprès de faire du bruit pour être remarquée, elle sait qu'elle a été vue, ou bien elle ne le sait pas.

Marie s'ennuie, s'ennuyait avant que ne menace la grippe d'Espagne ; régnait en elle une peur plus intime, de vieillir pour personne ni rien, que rien de particulier ne s'inscrive à sa vie ; et maintenant qu'on disait la guerre finie, il fallait encore rester à distance de tout, la vie ne voulait décidément pas venir, on se terrait chez soi, on calfeutrait jusqu'aux fenêtres, on ne savait pas très bien quoi faire.

Les soldats revenaient, blessés et meurtris, mais revenaient guéris, ou bien alors ils revenaient, avec, dans la glaire de leurs poumons, des restes d'un virus encore sans nom.

Les soldats passaient et les gens restaient chez eux.

Les soldats passent, les gens les saluent depuis leur fenêtre.

Les soldats passent, on sort saluer les héros, ces étranges vainqueurs aux mines défaites.

Pourquoi l'orphelinat entièrement décimé et personne au village ? Et si les quelques personnes âgées des registres ont été emportées par cette grippe, pour quelles raisons est-ce ainsi que l'on raconte l'histoire ?

Un nouveau 8 décembre avait peut-être bien eu lieu, on était à Sorcelin protégés par ce qui dans l'air ambiant provenait du couvent – tout un couvent priait avec ferveur, et nous voilà devenus une fois encore des miraculés ; ou bien est-ce le miracle des airs à aériums offrant aux seuls natifs de Sorcelin des protections prodigieuses contre tous les bacilles.

Marie se souciait-elle de ce qu'il arrivait à une rue de là ? Entendait-elle passer parfois les filles, en cortèges discrets, en groupes plus riants, les entendait-elle prier depuis sa fenêtre ? Est-ce qu'elle vit ensuite passer les corps – leur cimetière est dans le prolongement du chemin des Côtes, des processions de plus en plus solitaires, de plus en plus discrètes, silencieuses, nocturnes.

Apprendre que l'arrière-grand-père a eu la grippe espagnole, c'est une sorte de choc ; le document sous les yeux, j'entends mille choses en moi bouger, se lever, faire écho, et puis grand silence. J'ai une peine immense pour le revenu du front, une peine qui me dépasse, vaine jusqu'au risible ; je feuillette les états de service des camarades mobilisés en même temps que lui et c'est la même colère ou bien la même désespérance.

J'ai revu la photographie du soldat-roi sur son cheval, la photo du cavalier superbe devant laquelle j'avais rêvé à l'Orient. Le soldat a un simple uniforme de soldat, une sorte de vareuse légère, élimée, ses joues sont creuses et son cheval est maigre. Le roi ne sourit pas.

Il y avait longtemps depuis le couloir sombre et son roi des Dardanelles dans le cadre doré lorsque mes poumons ont commencé à dysfonctionner, mon nez à ne plus sentir, mes bronches à rapetisser. Atteinte des voies respiratoires. J'ai eu peur de ce corps qui m'échappait. Évidemment, je n'ai pas ses peurs à lui, je ne sais pas ce qu'il a su, vu, et j'ai cette chance d'être face à mon mal dans les conditions de mon siècle. Mais je connais l'intimité avec la maladie, quand elle vient prendre quelque chose que tu n'avais pas imaginé pouvoir perdre ; elle a en commun avec la sienne la difficulté à prendre son souffle, prendre de l'air au monde et à le lui rendre, filtré par nous. L'automatisme de la respiration, ce n'est rien si on ne le pense pas, on en réalise la valeur, la complexité, quand cela s'éloigne, quand cela est mis à distance par un fonctionnement malaisé, qui trahit, il faut comprendre quelle trahison offre un corps qui n'est plus un allié, devient un ennemi.

J'avais enfin ma part d'héritage, moi qui ne ressemblais à personne de ce côté de l'arbre, affublée de mes cheveux trop bruns, de mon nez trop droit, mes sourcils trop épais et mes lèvres trop fines ; un peu de fidélité filiale, un patient leg loyal dormait dans mes poumons, prêt à prendre possession du territoire dû. Une fragilité avait voyagé du Dardar jusqu'à moi, n'avait pu s'exprimer par les mots, avait alors dormi dans la chair et s'était transmise en silence jusqu'à surgir à la façon des loups sur les sentiers des bois. Pour que je revienne à lui, à son histoire, le soldat-roi m'avait accordé de partager cela.

L'arrière-grand-père n'avait pas réussi à perdre l'odorat ; à la place, il fumait, calfeutrait le souvenir des disparus d'Orient, les copains, des gosses encore, en fumant, dès le matin, du tabac brun. Je suis celle qui ne peut plus sentir, ce mal qui est le mien il a pu l'envier ; en pensée je le lui offre.

Dans les temps sur ma colline, mon corps fonctionnait parfaitement, c'est orgueilleux un corps sain, rien de plus rempli d'orgueil que celui qui n'a pas à penser son fonctionnement, à qui tout est donné sans contrainte, sans contrepartie, sans devoir. Sur la colline j'étais de cette suffisance ; puis la maladie a choisi mes poumons pour s'installer, mes voies respiratoires – celles de Dieu étant…

Je songe à ce qui nous réunit, lui le soldat, les filles et moi, au-delà de Sorcelin où nous sommes passés, comme des centaines d'autres sont passés ; je songe à nos cages thoraciques douloureuses ; à l'ailleurs que nous portons en nous. La maladie me désigne à cette double hantise, quelle ironie que cette sorte de fidélité, d'impossible oubli. Au-delà de mon nom qui me liait à leur sort, dans ma poitrine, quelque chose du mal qui a emporté les filles ensevelies sur la crête du mont a agi. Quelque chose de leur ombre, rien que pour moi ; une façon qu'ont trouvé les fantômes du mont Luciole pour que je ne cesse de les porter à distance, pour être sûrs que je ne les oublie pas. J'ai grandi sans le moindre rhume, la moindre allergie ; j'ai simplement dû quitter le périmètre des airs anti-bacilles trop longtemps. Je m'efforce encore de le cacher, c'est petit à petit moins difficile, mais pendant des années la moindre volée de marches m'a trahie, a dévoilé le trop bref souffle qui était le mien.

Le mont ou ses fantômes ont peut-être fini par être rassurés, car, petit à petit, dans les chemins voisins que j'arpente depuis mon retour, où je laisse à mes souvenirs l'espace pour m'étreindre, où les collines chantent sous mes pas le chant des absences qui jamais ne se comblent, ma respiration semble moins entravée, plus facile, plus franche ; une étrange sensation m'offre des espérances fébriles ; de tout petits picotements, pas grand-chose, mais déjà, et parfois bien plus nets, plus intenses, les parfums me reviennent. J'ai moins de crises, et à travers la colère face à tout ce qui s'effondre, voilà les lilas, les foins, les rejets des moteurs, l'odorat en gouttes, petits points de broderie qui redessinent le monde. Pisé, fumier, riz trop cuit. Les odeurs brusques, huile d'olive, vent, branches, pierre, meuble en kit, qui restent quelques jours avant de disparaître, ne disparaissent plus tout à fait. Encre des feutres, flaques de pluie, ordinateur trop chaud, crème de jour ne disparaissent maintenant plus tout à fait, plus jamais tout à fait.

Est-ce là le cadeau fait à la revenante ?

Je n'ai pas envie de rester. Je demeure incapable d'assister, les yeux ouverts, à ce que les hommes font de de leur paysage, du village de mes fées. Je refuse que ces images-là s'impriment en moi ; je veux toujours pouvoir fermer les yeux et le retrouver tel que je l'ai aimé, tel que je lui ai promis que nous nous retrouverions.

Pour l'instant, je ne peux rien faire. Le trust immobilier ne connaît pas la crise. Rien n'est protégé. Aucune loi n'interdit de détruire la petite histoire, celle faite des milliers de récits inventés par les enfants qui courent les chemins de campagne, viennent se griffer les jambes aux ronces et parler de leurs peurs en s'adossant à l'écorce des marronniers du bout des chemins, faite des conciliabules murmurés d'un lit à l'autre dans les dortoirs glacés des pensionnats, des rations de riz dont l'ami se déleste, des baisers échangés dans les granges à l'écart ; l'histoire racontée au travers des objets quotidiens conservés et transmis, touchés à d'autres époques, aimés par d'autres et qui ont gardé emprisonnée l'empreinte de ces temps, à la façon dont j'imaginais que la pierre calcaire des falaises ait pu garder le témoignage des voix venues jouer à rebondir dessus ; des traces qu'un sculpteur saurait prélever, des formes dont nous pourrions apprendre à faire des miroirs scrupuleux ou bien des livres.

Je vois passer sur internet des annonces pour les derniers petits bouts restants du parc du château blanc qui sont mis en vente ; une photo entrevue montre un minuscule angle de la villa Enjoleras, à la façon d'un visage aimé vu de dos dont on aurait envie de caresser la nuque.

Et puis c'est arrivé : sur Leboncoin, l'orphelinat est dépecé en plateaux, vendu en appartements. Cinquante-huit appartements. Il faudra agrandir la route, cinquante-huit appartements, c'est potentiellement le double de voitures à garer, qui circuleront sur l'étroite chaussée en direction de la plaine.

J'entraperçois le désastre sur les simulations proposées dans les annonces de vente, faux plafonds et spots encastrés, leds de couleur en tête de lit, îlots centraux pour cuisines Schmidt, goudronnage des abords pour qu'il y ait assez de parkings, de carrosseries luisantes au soleil. Ajout de loggias cimentées. J'aurais préféré ne pas savoir. Je demande à d'autres d'enregistrer les images pour les ajouter à mes archives. Je les regarderai plus tard. Je ne les regarderai pas.

Les prix sont indécents, Sorcelin devient la banlieue chic de Morneré, avec cette vue sur la plaine, jusqu'aux Alpes. Si j'avais eu les moyens, aurais-je investi dans une part de l'orphelinat déchiqueté ? L'orphelinat en bouts, ça n'a pas de sens, ce n'est pas son histoire, sa fonction, la fonction que nous aurions pu lui trouver pour qu'il continue à faire sens. J'aurais voulu que rien n'ait vécu après moi sur la colline de Sorcelin.

Le bâtiment est écorché à la façon des carnes pour boucherie. Ils brisent les murs de pisé pour laisser passer le soleil, pour faire des baies vitrées, et le soleil va venir dissiper l'ombre en traversant les murs d'une façade à l'autre. Ils chassent l'ombre des fantômes, savent-ils même qu'il y en a, ceux qui ont accordé le permis de construire ?

Au milieu des cloisons en BA13, des ascenseurs vitrés, des couloirs à moquette, des compteurs Linky et des fenêtres en PVC, d'autres que moi vont prendre possession de l'orphelinat de mes filles. Encore quelques coups de peinture et elles vont devoir déserter. Que leur reste-t-il comme lieux à hanter ? Le sanctuaire aux statues endormies, le faux Lourdes où personne n'est venu chercher de miracle peut leur servir de repaire, en attendant, en attendant le jour où je leur ouvrirai les portes de la villa blanche aux grands saules. J'espère que leurs fantômes n'en finiront jamais de glisser dans les nuits.

Depuis quelques semaines, je suis venue souvent, venue puis repartie presque aussitôt ; la même boucle à travers la vieille ville depuis mon appartement. Ce soir, la lumière du jour encore tenante, je me suis assise sur le muret des anciens remparts, face à l'ouest. Il était temps. J'ai regardé droit devant, longtemps, puis j'ai fermé les yeux. Je me suis rassurée ; sous mes paupières, je le sais par cœur le mont Luciole, je le sais dans chacun de ses recoins, je le sais encore, tel que je l'ai aimé, tel qu'il était lorsque enfant, assise sur un autre muret, celui de la cour aux platanes, je me tenais dans la nuit invincible et merveilleuse du village de Sorcelin.

Une partie de moi se prend à espérer que les malédictions ânonnées avec ferveur dans les années d'enfance s'accompliront enfin ; allez les filles, soufflez donc d'affreuses terreurs au-dessus des dormeurs, faites couler les fièvres, faites brûler les blés, ne vous laissez pas disparaître hors du monde des fées ; ou bien, apparaissez à d'autres fillettes, mettez de l'or dans leur enfance – le même or que celui insufflé à la mienne, protégez-les sur les chemins qu'il reste, laissez-les vous entendre, donnez-leur un paysage qui apaise leurs peurs. Je vous offre ce qu'il me reste d'ombre dans les poumons, étendez-la de nouveau sur notre mont, réaffirmez votre présence, et moi je vais m'en aller, le souffle et l'odorat retrouvés en échange.

Là-bas en Espagne, à une centaine de kilomètres de la ville de Santander enveloppée par l'océan, via les routes escarpées des collines qui la surplombent, je suis attendue par le maire d'un village de quelques âmes. Il m'a prévenue : « Les archives ont brûlé l'année dernière, les sous-sols de la maison commune ont été incendiés, pas un seul registre sauvé. Enfin, a-t-il dit, venez quand même, les anciens se souviendront peut-être. » Ça a été long de mettre la main sur le nom du lieu d'où est parti mon arrière-grand-père pour rejoindre la France. Quelque chose est arrivé que nous ne savons pas, et, tout petit garçon, il est parti seul sur les chemins, n'a jamais raconté, juste affirmé qu'il rentrerait chez lui quand la situation le permettrait, n'a jamais pu ; il a passé sa vie à brouiller les pistes, à donner de faux renseignements aux services administratifs et à ses propres enfants.

Je porte le nom et le prénom de sa mère, le nom et le prénom qu'il a transmis plus tard à sa première fille, celle qui a disparu. Une vague histoire de grand amour est parvenue jusqu'à moi. Grandiose et terrible. Demain, je serai en route pour leur terre, sans bien savoir ce que j'espère découvrir cent vingt ans après l'exil. Mais ce soir, je sais que je peux m'en aller sereine, la respiration sans entrave ; j'ai ce voyage à faire, dans d'autres collines, en Cantabrie. J'ai une femme à trouver.

Merci à Nicole Caligaris et Laure Limongi, à Annalisa Bertoni et Maïder Fortuné, à l'Hôtel Rivet et au 32, rue Labédoyère.

Les Avrils, une collection imaginée par
Sandrine Thévenet et Lola Nicolle.

Enthousiasmes littéraires

Conception graphique : Atelier 25.
Composition : Nord Compo.
Correction : Agnès Aubry.

Déjà parus aux Avrils

Raphaël Alix, *Le Premier Homme du monde*
Isabelle Boissard, *La fille que ma mère imaginait*
Lucile Bordes, *Que faire de la beauté ?*
Jeanne Broucq, *Zéro virgule neuf pour cent*
Didier Castino, *Quand la ville tombe*
Guillaume Collet, *Les Yeux de travers*
Nicolas Delisle-L'Heureux, *Un grand bruit de catastrophe*
Martine Delvaux, *Le monde est à toi*
Martine Delvaux, *Pompières et Pyromanes*
Arnaud Dudek, *Le Cœur arrière*
Martin Dumont, *Tant qu'il reste des îles*
Bertrand Guillot, *L'Abolition des privilèges*
Dominique Fabre, *Trois Passagers*
Amandine Hamet, *Les Couleurs*
Driss C. Jaydane, *Moïse de Casa*
Dimitri Kantcheloff, *Supernova*
Bill Kouélany, *Kipiala ou la rage d'être soi*
Alexandra Matine, *Les Grandes Occasions*
Dan Nisand, *Les Garçons de la cité-jardin*
Lili Nyssen, *L'Effet Titanic*
Suzanne Privat, *La Famille, itinéraires d'un secret*

Achevé d'imprimer par Corlet,
à Condé-en-Normandie
ISBN : 978-2-38311-002-6
N° d'impression : 21120666
Dépôt légal : janvier 2023